LO QUE NO TE CONTÉ

© Enrique Delgado, 2024
Karola Rivera, Ilustración
Juan Castellanos, Edición
Marta Mutti, Corrección
Isabella Bolaños, Colaboración

1.ª edición: Septiembre 2024
www.enriqueadelgado.com
Instagram: @enriquedelgado_
ceo@enriqueadelgado.com

Todos los derechos reservados
ISBN: 9798336593907

AGRADECIMIENTOS

*A ti abuelo **Enrique** por no solo darme tu nombre, sino por ser mi compañero de viaje desde mi primer respiro.*

*Mi vieja **Gloria**, por cada mañana que me preparaste para hacer de mi un mejor hombre y celebrar mis triunfos.*

*A ti **Glorimer** que me diste la vida y el impulso de seguir adelante.*

***Glorimar, Richard**... hombre y mujer de guerra, de fuerza y de amor puro.*

*Hermanos, **Jesús** por dejarme conocer el amor más sublime, aquel que nunca va a morir. **Estefanía**, por permitirme ser tu protector y tu apoyo en todo momento.*

***Mateo**, llegaste justo en ese momento en el que mi vida comienza a cobrar un propósito.*

***Juancho, Isabella, Karola**... Ustedes, gracias por su incondicionalidad y apoyo en todo este proceso de construcción de un sueño que pensé que solo sería mío.*

A Dios por dejarme soñar y crear.

PRÓLOGO

«*Lo que no te conté*», un libro de ficciones breves, de las cuales quien escribe, Enrique Delgado Estrada, como testigo y protagonista, nos pone frente a la cámara que hace visible estas historias, que por fuera de la aventura y los interrogantes nos presenta la lectura; nos hace parte de una búsqueda que define un reencuentro y posterior hallazgo de todo aquello que se está haciendo.

Y entonces enfrentamos, el por qué, los cómo, para qué... quizás los dónde... ya se trate de la lluvia golpeando cristal, muriendo de mil formas sobre un suelo de cemento, una caminata bajo el sol o, un detenerse a hacer un recuento sobre nuestra vida. Una mirada que mueve tiempos pasados y genera cierto balance sobre el tiempos que hoy nos toca.

Atrever a conocerse y darse a conocer. Un decir comprometido y transparente que el autor muestra en distintos planos de la narrativa, donde no falta el decir de la poesía para evaluar cuánto nos compone y de qué manera.

Aciertos, tropiezos, ilusión, pasión, desencuentros, amor, preguntas, respuestas y más, en un sincero diálogo consigo mismo. Reflexiones que desnudan el sentimiento y la razón, para dar con el destino que creemos elegir o quizás, al hacerlo nuestro, finalmente, elegimos.

Y ahí... surge la revelación, porque cada relato transmite y transparenta otras situaciones que, por su similitud, con algún hecho de nuestra vida, nos poner pensar.

Para hacer concreta esta afirmación, me permito transcribir, algunos tramos de su narrativa, en dónde quien los recorra, podrá comprobar el sinfín de significados que esta encierra.

Hay rincones de nosotros mismos que no visitamos. Es allí, cuando comenzamos a perdernos.

Los puntos finales guardan la magia de un nuevo comienzo.

Saber irnos.

Saber quedarnos. Pero evitando el paso a mitad del camino.

≈ ≈ ≈

El mensaje es directo como lo es el objetivo. Bucear en nuestro ser íntimo y explorar, quiénes somos realmente, cuáles son nuestros sueños, cómo entendemos y vivimos el amor y cuál es el camino que nos lleva a ese lugar para soltar aquello que nos sujeta y vivir tal como somos y sentimos.

Y aquí suelto algunas frases que lo demuestran.

Ya he probado el amor y el desamor. Por eso hoy le pregunto a la vida, sí ya terminó mi período de prueba.

No podría explicarte lo que me haces sentir. Sé que nada es perfecto entre tú y yo, pero aquí estamos tan enamorados.

≈ ≈ ≈

«**Lo que no te conté**», un libro que va de frente, da la cara, impulsa a quitarse los miedos, a ser espontáneos, al desafío y la magia de amar y ser sinceros con nosotros mismos para re encontrar el rumbo cuando lo extraviamos.

«Lo que no te conté»: asombra, encanta, atrapa...

Marta Rosa Mutti

A ver, seamos honestos... Tanto tú como yo sabemos que no todo esta bien - al menos por ahora- y en muchos momentos quieres desahogarte. Estás consciente que dentro de ti hay muchas dudas sin una respuesta clara y como sí fuera poco con muchas cosas sin decir. Asuntos que tal vez, por la razón que sea no has podido gritarle a esa persona que se fue o quien dejo el alma rota y sin un punto de luz. Por eso hoy, te digo, vamos de nuevo, empecemos de nuevo, eso ya pasó. Hoy te quiero hacer una invitación, no sé si encuentres aquí la respuesta que estés buscando pero al menos darás el primer paso para nuevas oportunidades, porque por más que tengas las intenciones hay cosas que aún no hemos contado... Ponte cómodo(a), la casa invita.

Instropección
DEBAJO DE LAS SÁBANAS

Es uno de esos días en los que de pronto siento una gran necesidad, pero es una necesidad muy profunda. Es como sentir que me voy hacia mis adentros, de recoger un poco todos mis pensamientos, de cerrarle la puerta en la cara a todas esas sensaciones que he venido permitiendo desde hace tanto. Es como apagar las luces y resguardarme debajo de las sábanas, no dejar entrar a nadie. La sensación de querer ser niño de nuevo. Hoy es uno de esos días en el que no solo mi mente pide silencio, sino que en mi cuerpo se une al luto de mis emociones más oscuras. Hoy busco el arrullo de mi alma a través del silencio, del descanso, del aire y del único sonido que quiero escuchar, el de mi corazón.

Desde hace semanas me siento agotado y mira que me he forzado demasiado por seguir de pie, de reír aun cuando no deseo, aun cuando mi cuerpo, mi mente y mi alma piden un receso sin interrupciones. Soy un insaciable de las letras, yo no las poseo a ellas, ellas me poseen, pero siento que hoy más que nunca necesito consentirme, concentrarme, guardarme, darme más tiempo para mí, para conectar con lo que me apasiona, lo que me inspira y es por eso que hoy la suavidad de mis sábanas me permiten reconocerme mejor.

Necesito tiempo para observar más y hablar menos. A veces, me pregunto que será de mí en los próximos años, cómo deshilacho todas las hebras de mis angustias y de esos miedos que me han perseguido por años. Es entonces cuando tengo esa charla conmigo, busco conectar con mi energía con mi verdadera esencia y me permito redescubrir lo nuevo, ese cambio de piel, esa auto imagen que tengo de mí mismo. He comprendido que en el silencio se asimilan las respuestas.

Extraño ese niño, ese adolescente que soñaba con vibrar alto y dejar un legado, aquel joven de calles concurridas y de ruidos estrepitosos que me permitían construir un mundo diferente, que se emocionó cuando su abuela le compró aquella primera portátil por 3 millones de bolívares, que con ese juguete novedoso podría escribir grandes historias. Confieso que me molesta mucho no saber en qué punto de la historia ese chico se perdió y no se volvió a encontrar, no se reconoció hasta ahora.

Hoy reconozco que por momentos hago las cosas en busca de la aprobación de los demás, el placer de cierto reconocimiento. Es aquí donde comienza esa conversación incómoda de la que nadie habla, pero es que están necesaria para poder comenzar de nuevo. Quisiera encontrar un camino alterno a todo lo que hoy conocemos, reescribir todo, pero es cuando debo sumergirme en algo de poesía o reflexiones ambiguas para no perder la esencia de lo que me impulsa a comunicar, a conectar, a transmitir lo que muchas veces no he podido contar con todas las opciones que tenemos a la mano.

Es cierto que muchas veces las letras han sido las culpables de exponer mis fragilidades, pero a la vez han sido capaces de abofetear a ese idiota que no es capaz de reconocer ese don, esa belleza y ese carisma que cautiva. No voy a negar que el escribir desnuda mi psiquis, es que se me da bien eso del morbo de ser visto, porque viene de algo más profundo, más íntimo, más honesto, no viene a enjuiciarme.

Al final, ¿qué sigue? ¿Qué es lo correcto, según quién?

En definitiva, estar debajo de las sábanas, es poder desnudarme, observarme de punta a punta y reconocer en la piel la experiencia que me ha llevado hasta aquí, hasta estás líneas llenas de sinceridad y emociones tangibles como el sudor del sexo en su mayor éxtasis.

Escribir es sin duda un paso alto hacia la libertad, es la maravillosa oportunidad de expresar realmente quién eres, de soltar, de dejar salir. Por lo que escribir y quedárselo puede saber insípido.

Hoy lo que realmente busco es llevarme al límite, o más bien romper los límites que he impuesto por mi ignorancia y absurdas ganas de complacer a quienes no morirían por mí. Salirme de la regla, de lo considerado correcto, de la norma impuesta, siempre será un privilegio para mis demonios y un reto para mis propios sueños.

Hasta que las sábanas vuelvan a estar limpias y listas para otro desahogo...

PENSAMIENTOS

Las hebras de nuestro mundo están compuestas por nuestras diferencias individuales y experiencias colectivas, entretejidas de maneras que pueden parecer demasiado complicadas de entender.

Esos que por muchas noches me desvelaron el alma...

LO BONITO DE COMENZAR DE NUEVO

A veces el corazón necesita tiempo. A veces es necesario reír y otras llorar, pero, qué bonito es poder comenzar de nuevo y permitirse explorar nuevas rutas y nuevos caminos hacia lo que tanto anhelamos. Todos en algún momento necesitamos reiniciar la vida, reconocer nuestros sentimientos y pensamientos.

Y es que todo cambia cuando es tu tiempo y sin duda todo sana cuando aceptas. Eso es lo bonito de comenzar de nuevo.

AMOR

En el mundo existimos aquellos que sentimos cada emoción de la manera más genuina y al mismo tiempo tenemos la capacidad de expresarlas con más fuerza. Y es que esa fuerza se hace tan entregada y única que llega hasta las fibras más profundas del corazón. A esas personas nos llaman almas intensas.

El mundo está enfermo y por alguna extraña razón no entendemos el amor, sin embargo, estamos bastante convencidos de que lo hacemos.

Algo tan electrizante, tierno, morboso y complementario. A la vez cambiante y vibrante, eso es el **AMOR**.

Quizás debería aceptar que ya fue, que no **FUIMOS**, no **SOMOS** y no vamos a **SER**.

Nos vemos más adelante, cuando el corazón este maduro y el espíritu libre.

Hay una estrella en cada amanecer, en cada despertar el cielo se destina a plagarnos de historias, ideas vagas o vagabunderías.

Hoy me doy el permiso de enamorarme de lo imperfecto. De una sonrisa que te devuelve la fe y la cordura. Hoy me enamoro de la belleza de lo cotidiano.

Una de las hermosas frustraciones de mi vida, es no haberme quedado en sus brazos. Su carácter, su fuerza, su voluntad y sus intensas ganas de amor me dejaron el corazón en lista de espera.

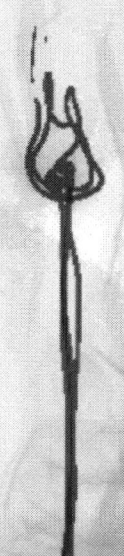

No cualquiera da un beso de esa manera; toqué tus labios, y sentí que rocé tu alma.

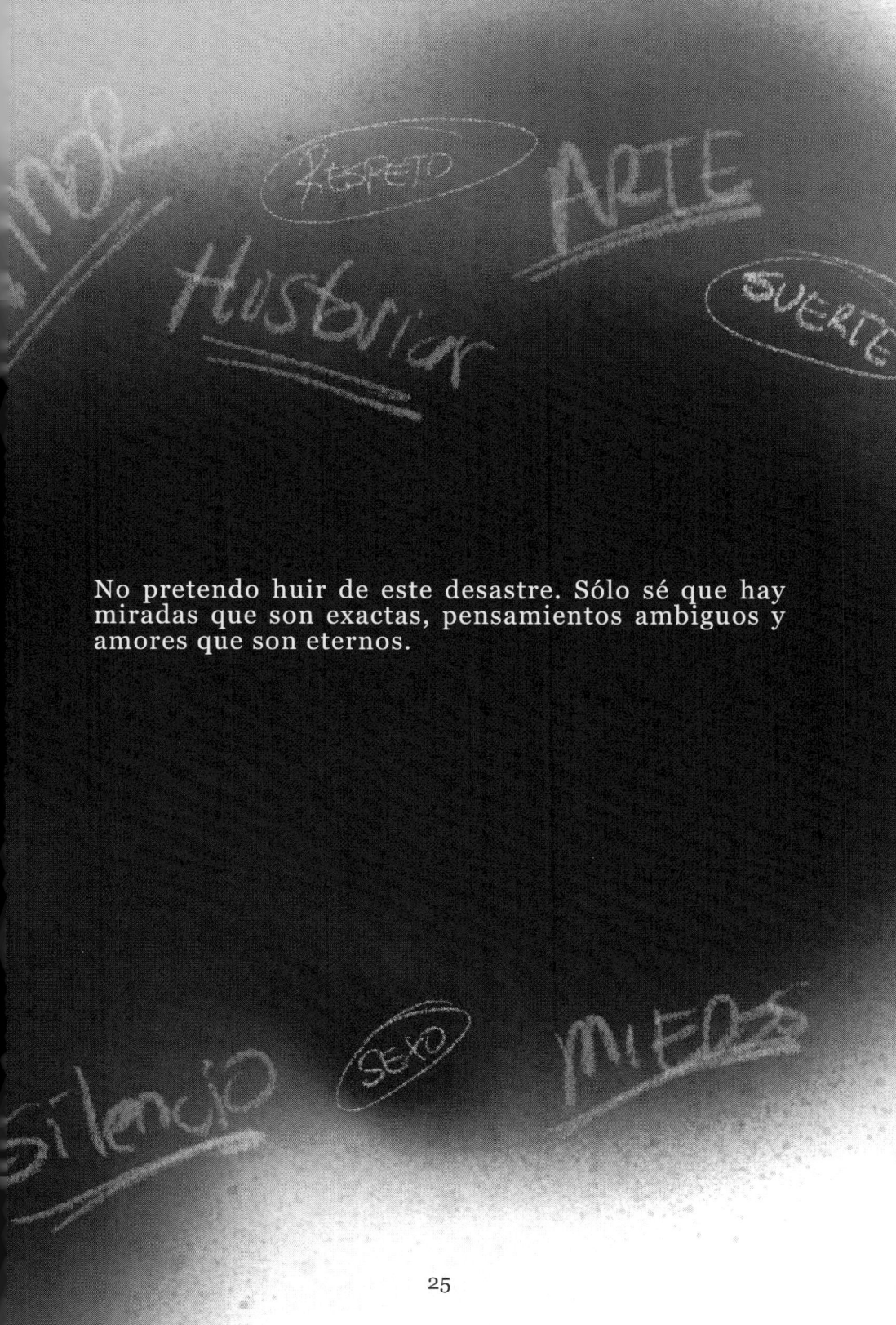

No pretendo huir de este desastre. Sólo sé que hay miradas que son exactas, pensamientos ambiguos y amores que son eternos.

UNA CORRIENTE DE
CIRCUNSTANCIAS

La corriente nos lleva a dos tipos de personas, están esas personas que nadan y aquellas que de alguna u otra manera se quedan flotando en las circusntancias que la vida le pone de frente.

Es que, las personas que flotan por la vida, dejan que el destino las lleve a donde quiera. Pueden recorrer varios caminos y al final llegar a una meta que a lo mejor no es lo que querías, probablemente te haga sentir vulnerable y termines aceptando ese lugar donde el destino te llevó pero al mismo tiempo queriendo redefinir las reglas del juego para permitirte comenzar un nuevo camino.

Siempre hay tiempo, nunca es tarde para cambiar el curso de tu propia existencia; decidir hacia dónde vas, claro, remar contra la corriente no es fácil, quizás tengas que surtir mil obstáculos para lograrlo pero nada es imposible.

Las personas que nadan saben hacia dónde van, pueden dirigirse por los distintos caminos que la vida construye, utilizan la corriente para poder llegar más rápido hacia su meta, al final se sentirán muy orgullosos de donde están y satisfechos de que hicieron lo indispensable para estar donde ellos querían.

Hace poco pensaba sobre esta metáfora, y tiene mucha razón, pero ¿qué pasa cuando eres de las personas que nadan y te sientes sin ganas de seguir?

Creo que en ese tipo de situaciones uno puede aprovechar la corriente del río y flotar mientras reúnes las energías suficientes para continuar, claro no es dejarlo todo al destino, utilizarás las fuerzas suficientes para dirigir tu rumbo y no permitir que las circunstancias te lleven a donde se le plazca. Llegar al destino te llevará un poco más de tiempo, pero ten la seguridad de que llegarás.

Hace poco reflexioné y recuerdo una frase que dice que la felicidad es un trayecto no un destino, integrándolo con la metáfora: sólo puedo decirte que te asegures de disfrutar las aguas por las que estás nadando, del sol, de la orilla, de las personas que te encuentres en el camino, en fin, disfruta de lo que te vayas encontrando a tu paso, te ayudará a que el trayecto sea mucho más ligero.

Cuando llegues a la meta que querías te sentirás excelente sabiendo que llegaste a donde deseabas y no sólo eso disfrutaste de cada peaje, cada parada, cada vez que flotaste para agarrar oxígeno y continuar.

Quisiera agregar una cosa más, recuerda de dónde vienes, esos motores que te impulsan a salir adelante, tu familia y todas esas personas que día a día te demuestran que eres más de lo que tú mismo piensa que eres. Gracias a ellos y a sus enseñanzas has llegado a este punto. Has llegado a una corriente de circunstancias.

Y claro que era amor, un amor que me hacía exigirme. Un amor que creía, me daría la felicidad plena.

Pero entendí que el amor verdadero es el aquel que tengo conmigo mismo, y mira que ese es el amor más difícil de encontrar.

Cuando pienso en ti, pienso en la idea de pasar una eternidad entre tus brazos. Pensar en tus ojos al despertar y sonreírte mientras empiezas a ser tú, con esa versión que nadie conoce de ti por las mañanas. Para mí, sería reconocer qué es la belleza en un alma como la tuya.

No soy perfecto, pero en mi imperfección quiero quererte.

Ambos nos equivocamos. Tú creyendo que un día sería otro y yo pensando que siempre soportarías mis demonios.

No sé si vamos rápido, pero parece que estamos destinados a funcionar. Nuestras charlas son de dos personas que se conocen de siempre, nuestra historia es como el infinito, no sabes en qué punto termina.

A veces, no quieres explicar qué te pasa. A veces, solo quieres un abrazo. Uno de esos que te recargan el alma por un instante.

Me apagué un poco, pero después de un tiempo encendí esa magia que hay dentro, que me impulsa cada día.

Y es que, sin duda, existen las más bellas casualidades. Hay quienes están destinados a encontrarse, entonces, es allí donde sabes que esa persona es tu nuevo hogar.

Eres la persona con la que quiero tomarme unos tragos el fin de semana.

Pero también eres la persona con la que deseo tomarme un café los lunes por la mañana.

Hace tiempo no sabía que existía, ahora su nombre es relevante y el sonido de su voz, una melodía que quiero escuchar cada día.

Merecemos que nos quieran por cómo somos, no por cómo quieren que seamos. Merecemos sin duda, recibir al menos un poco de todo lo que damos.

MANÍAS A PUERTA CERRADA

Me divierte lo retorcido de mi mente, me libera, me permite escucharla y reconocer cuándo debo disfrutar a través de una fantasía o de una realidad. A veces, nos vamos del espacio y tiempo, pero tarde o temprano regresamos a quien inevitable y maravillosamente somos. Regresamos a nuestros lugares, a nuestros silencios, a nuestras manías a puerta cerrada. Nos reencontramos con lo que más disfrutamos y nace de adentro, de aquello que no se puede explicar.

Yo regreso a mis letras, a mis reflexiones, a esas emociones intensas, a mi espíritu exhibicionista, a la vanidad de mi ser y aquellas imágenes que hacen que no pierda mi espíritu.

Qué rico alimentar nuestras fantasías con el recuerdo, con el deseo, con los secretos. Imaginar, volar sin límites, explorarnos hasta explotar. Y después, relajados recostarse sobre la cama, con la ventana abierta y sintiendo el viento poniéndonos chinito el cuerpo desnudo dejándonos expuestos ante lo que realmente somos.

De pronto de la nada llega ese ruido que nos atormenta. Ese bullicio intenso que no se compara en nada con la maravilla del silencio que podemos sentir por dentro. Ese mismo silencio que cuando estamos perturbados por la mente, el estrés y la angustia, resulta aniquilante.

Pero en momentos de calma todo resulta embriagante. Caminar en bolas por la casa, prepararte una taza de café y un pan mientras la única duda existencial en la vida es si quedarte a leer un poco, o continuar escribiendo. Mientras trato de entender mis manías, no sé tú, pero así lo disfruto, así me disfruto.

No entiendo por qué en ocasiones lo olvido o lo evito.

Sé perfectamente que cuando llego a cambiarlo me pierdo de la magia y la delicia morbosa de mis propios momentos. Más allá de ser hijos, esposos, novios o amantes, debemos seguir siendo nosotros mismos y visitar muy seguido nuestros espacios, nuestros silencios, nuestras manías favoritas a puerta cerrada...

Pero con la ventana de la mente muy abierta.

Si tienes tiempo, te invito a estar conmigo. Quizás sean 15 minutos o una hora, no lo sé. Pero el tiempo que sea, quiero devorarte a besos.

Si vamos juntos, no puedo asegurarte de que llegaremos rápido, pero, sí puedo decirte que será más divertido recorrerlo.

Estoy seguro de que conocerás a quién se enamore de todas tus versiones, de todos tus demonios y de esa belleza que aún otros no han podido ver.

En muchas cosas la mejor opción es irse, que permanecer y no significar nada. El amor viene de ti, no del otro.

Quizás ese eclipse duró poco. Pero ambos se disfrutaron el tiempo que duró.

Te di todo mi corazón, pero sí, reconozco que me quedé más tiempo del tiempo. Me quedo con la pregunta de si hubieses sido tú, esa persona.

Y dime que tú también cierras los ojos cuando escuchas nuestra canción. Porque cuando yo lo hago, la vida parece un poco menos difícil y los sueños se hacen infinitos.

Hay que tener valentía para reconocer lo sano, lo mutuo y sincero.

Me atrevo a decir que todos hemos conocido a una persona que sin necesidad de buscarla, llegó y en un tiempo muy cortó se convirtió en alguien muy especial y única.

*Que feliz **me veo** cuando **te veo**.*

Nunca tuve tantas ganas de que algo funcionara como *contigo*.

Juntos nos movemos en el éxtasis y en ese suspiro, en esa ráfaga de aire, mi corazón desea gritar tu nombre. Aunque sea en el silencio del ruido.

Aunque pueda fallar más de una vez, aunque me equivoque. El único amor que no me juzgará, el que no me dejará... es el de ella, el de mi mamá.

Gracias madre por no solo darme la vida, sino por la presencia de Dios en la tierra con tu más puro amor.,

Te amo Glorimer

LO BAILADO NADIE TE LO QUITA

Empiezo simplemente diciendo esto: ¡Qué rico es meter la pata y que te deje satisfecho! todo el tiempo estamos pensando en lo que está bien y lo que está mal.

Toda la vida reflexionando, sobándonos los trancazos y con uno que otro orgullo, rencor y culpa por ahí atorada... Pero de pronto te das cuenta de que tu vida no sería la misma si no la hubieras «regado» tantas veces, que no tendrías nada que contar, nada de qué reírte. Porque hay que aprender el arte de transformar el llanto en risa y el dolor en chiste ¿O no?

Quién no baila pierde el ritmo y sin ritmo, el latido del corazón es aburrido, la sangre que fluye por las venas se enfría y llega a perder hasta el sentido.

¡Qué rico puede resultar incluso lo ilógico, el sin sentido! Y es que el amor nos encuentra cuando debe de ser y no cuando nosotros queremos. ¿Pero qué haremos mientras tanto? ¿Quedarnos sentados a esperarlo y arriesgarnos a que cuando llegue salga corriendo de lo aburrido, lo poco interesante, nada misterioso y débilmente emocionantes que somos?

Personalmente no creo que haya nada que ocultar en la vida. Sin embargo, el hacerlo tiene su encanto. Es como un juego que todos, en determinado momento, decidimos jugar. Es más, un jugueteo con nosotros mismos, con nuestras ideas, con nuestros prejuicios y libertades. Nunca he creído que haya nada bueno ni malo. Veo las cosas como «convenientes» o «inconvenientes».

Quizás la felicidad simplemente consista en tener muy claras nuestras prioridades para decidir lo que queremos vivir y lo que no; aprender a «ser congruentes y a asumir consecuencias» y es que todo me parece circunstancial. Yo no le veo nada de malo a ser como como soy. ¡Me gusto! No me siento culpable ni vacío, me siento libre y vivo descubriendo los misterios del camino.

Secretos...

¡Pobre de aquel que viva «correctamente» toda su vida! Al final no tendrá nada más que las ganas de volver a vivir y de manera distinta, porque la vida le supo a muerte.

Perderse para encontrarse, caerse para levantarse, enojarse para contentarse.

¿No es eso el amor? Comprender, perdonar, compartir, reír, ¿llorar y seguir jugando?

La sonrisa, el orgasmo, la sexualidad y el amor, sólo hay una forma de vivirlos a plenitud.

Porque... Lo bailado nadie te lo quita.

Cuando decides quedarte...

Estoy seguro de que sí algo es para ti, lo será. Sin forzarlo y sin prisa, quizás el miedo nos hace creer que aquello que tanto deseamos podamos perderlo. Pero, el amor no es una ciencia exacta, el amor es eso, amor. Ahí, donde no sea necesario exigir amor, es el lugar indicado para quedarte.

No es fácil.

Muchos piensan que el amor es fácil, lo cierto es que el amor en muchas ocasiones es complicado, punzante y antagónico. También se piensa que si es verdadero no duele. Eso es una mentira coño. El amor se enfrenta a miedos, es joderse cuando el otro huye; es que el amor, al menos para mí se siente, aunque no sea fácil.

Tengo una idea recurrente, y es que no sé si existe esa persona a la que llamamos «alma gemela» ese alguien que encaje en nuestra forma de vida, quizás, quién sabe.

Hoy no queda nada...

Te confié mi piel, me tatué tu nombre en aquellas cicatrices, te mostré mis secretos aquellos que nadie había explorado. Te confié todo y hoy no me queda nada de aquella historia que escribimos.

Sí que lo fue...

Fue maravilloso el tiempo que pasamos juntos, pero ya tengo que dejarte ir, fue genial haber coincidido contigo y equivocarnos. Estoy seguro de que no hay una persona mejor que tú para ella.

No sé cómo decir adiós, pero sé que nos volveremos a ver cuándo ambos estemos bien.

Mi amor

Tu ritmo es único y no deseo cambiarlo. Entiendo que hay un lado amargo de nosotros, pero es el amor, aquello que nos permite conectarnos.

¿Y sí después es **NUNCA**?

Y es que no puedo disculparme por ser pasión y conocimiento. No puedo disculparme por generar en ti esa dicotomía del porqué tu vida y la mía se hacen tan ásperas y discordantes. Eres tú quién debe entender tu proceso, sólo sé que el presente es ahora. Seré feliz.

No quiero enloquecerte, quiero traerte calma. Sé que suena iluso en estos tiempos en lo que todo es ruido y atemporal. Pero nos quiero juntos, nos quiero en calma.

Nada es perfecto entre tú y yo, pero aquí estamos, unas veces tristes, otras juntos. Pero siempre enamorados.

No dejemos que el café se nos enfríe. Aún nos quedan unas cuantas citas para morirnos de la risa, muchos atardeceres frente al amar y un amor sin condiciones.

Mi corazón brota tinta de amor por ti, mi mente reorganiza cada frase para darle forma a todo esto que he sentido por tanto tiempo.

Siempre ha sido amor, el tiempo de espera ha sido amor, las ganas de verte era amor, la
ilusión me abrió la ventana de un quizás o de un para «siempre».

Mi amor por ti me hace ser valiente.

A veces me pregunto, en qué momento una persona comienza a querer a otra. Y otras, cómo querer puede significar dejarla, aun cuando quieras estar y es que no existe un punto de quiebre exacto.

Aun cuando no logre verte... tengo tu mirada tatuada en mis pensamientos.

No sé si habrá algún motivo para volverte a buscar, no sé si al menos en mis sueños jugaré con la ilusión de estar junto a ti. Sea lo que sea, quiero dejarte saber que en mis pensamientos estás, creo que desde que supe cómo era el néctar de tus labios, mi mundo comenzó a tener más gusto.

Ese es el chiste de esto, el no querer dejar de buscarte.

Deberías estar aquí conmigo, mi cuerpo pegado al tuyo y tus labios pegados a los míos.

Sin duda eres tú, con quien no tengo miedo a intentarlo una y otra vez de ser necesario. Es contigo con quien elijo pasar los mejores días y quizás aquellos no tan buenos días de mi vida.

Derramo el licor de los placeres, con el aliento entrecortado y el corazón deshilachado.

Para serte sincero me he imaginado muchas historias contigo, ¿y te digo algo?, juntos quedamos bien. Pero lo que más me gusta es la pasión por nuestros sueños, eso le queda bien a nuestras ganas de conquistar el mundo.

Eternos

¿Cuántos pasos diste hasta aquí? Es que ahora lo veo todo claro, tus arrugas cuentan una historia, la más hermosa, por cierto.

Tú, mi viejo **Enrique Ustaris**; hombre andino con fuerte voz, aguda voz y estatura de soldado, con el alma cansada pero las ganas de un avivado joven. No solo llevo tu nombre, sino tu apellido. Me regalaste la esperanza, el miedo a tu lado se hace pequeño y hoy las palabras se acortan.

Una distancia me separa de ti, pero mi amor es tan inmenso que a traviesa el tiempo en sí mismo.

Gloria Mercedes, ¡mujer caraqueña! La de las pastas echas con sabor a arrechera, eres la existencia elevada del amor puro, de las palabras precisas y de los tiempos eternos.

No pude merecer más para crecer junto a ustedes, son un reflejo eterno que vivirán por siempre en lo más profundo de mí. En el tiempo en que disfrutamos, en el ayer que vivimos, pero sobre todo en el mañana que aún nos queda por soñar.

Son mis héroes, son mis viejos eternos.

SINCRONÍA

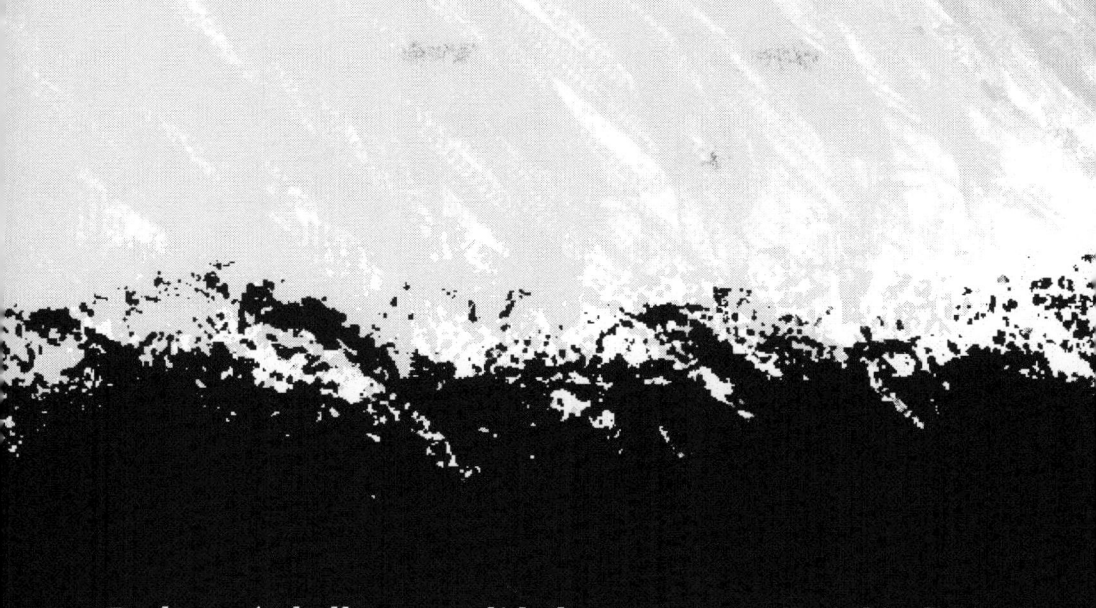

De las más bellas casualidades. Aunque no sé dónde estaremos mañana. Pero debo decirte algo, muy importante para mí, para mi sentir, para mi corazón, para mi alma:

Te amo.

La ignorancia de uno es sin duda la parte de la sabiduría de la vida. Es un juego más grande que nuestro propio entendimiento.

Escribe historias que vuelen alto, historias con una sintaxis llena de matices. Escribe momentos de esperanza y de ilusión, es momento de avanzar y crear personas reales, personajes con historias de sentimientos en esta jungla de concreto.

Alza tu mano y da las gracias a la vida por cada letra vida, cada punto que te hizo creer más en ti, en cada coma que te regalo unas cuantas lágrimas, y en cada final que te permitió comenzar de nuevo.

¿El envase está lleno? No lo sé, quizás hayas increpado en el deseo de no llenarlo hasta observar cada detalle.

Existe un punto intermedio dónde piensas sí lo que estás haciendo es lo correcto o no.

Es entonces cuando surge un sin fin de preguntas a la espera de entender todo lo que ocurre en esa cúpula de cristal y no dejar que se quiebre en mil pedazos como tu corazón.

Entonces toma una taza de café y pregúntate,

¿cuán lleno está el envase?

Escribir es la forma de desnudar mi psiquis, aquí puedo ser sensible, romántico, honesto, dramático, cínico, cómico, incluso contradictorio.

Todos estamos basados en hechos más o menos reales o imaginarios.

Una razón, una excusa y un plan. Ese es el orden correcto.

Si un lugar es tan especial y único, no deberíamos llegar a él sin un poco de esfuerzo.

Pensamientos abstractos, pensamientos cruzados, pensamientos desviados.

Somos felices porque seguimos en esa misma fase de no hacernos demasiadas preguntas.

Vives en un rato de silencio que ni sabes cuándo acabará.

Nuestro mundo, nuestras verdades,
nuestros castigos.

LA PERSONALIDAD DE LAS
PALABRAS

Alguien famoso una vez me dijo, el viaje es mejor que la llegada y yo dije ¡Qué! ¿Por qué? dije – sólo hay un camino para llegar a donde quieres en la vida, pero si solo eliges ese camino no significa que tengas que abandonar los otros; y pude ver que lo que pasa en el camino es lo cuenta, las caídas, los tropiezos y las amistades, es el viaje; no el destino... sólo debes confiar que el futuro se va a definir por sí mismo, eso sí, empujándote un poco cada día.

¿Cómo hacer para cambiar el mundo siendo un simple mortal? Cegados por política, modas y otras tantas religiones la vida pasa muy rápido y uno no se da cuenta, no sé explicar cómo suceden las cosas. ¡Incómodo! Debes aprender a vivir sabiendo la verdad. Es triste saber que somos dirigidos por seres irracionales, ¡Dios nos ayude! Hasta las bestias del campo son más leales.

El ser humano no está listo para ser poderoso, al contrario, siente envidia, toma venganza, es rencoroso la fama, riquezas, poder y gloria; nada sorprende que por esto más de uno se haya hundido en la miseria. Somos vengadores altruistas por naturaleza; estamos acostumbrados a conversaciones infalibles para así poder evadir nuestros problemas. Nos quejamos por un gobierno, el panadero que nos da el pan más duro, por el médico que pasea todo el Hospital. ¿Entonces? ¿A quién le echaremos la culpa de nuestros problemas?

Al gobierno, el panadero que nos da el pan más duro, por el médico que pasea todo el Hospital. ¿Entonces? ¿A quién le echaremos la culpa de nuestros problemas?

¿A dónde quieres llegar? Tú tienes la decisión, nadie más la tiene, porque no hay sueño que no pueda realizarse sólo depende de una decisión, decidiendo caminar, deja atrás el no puedo, el camino sólo tú lo eliges. No hay nada que pueda alejar aquello que solo tú quieres. Así es la vida, sueños, realidades, ilusiones y desilusiones, aquellas vagas ironías y esos momentos de angustias. ¡Bueno! les digo algo, cargo un poco de blasfemia en mis bolsillos, y en cuanto a la vergüenza a esa ya la había cambiado por un sinónimo vagabundo llamado

Libertad

FIBRA

La fibra más delgada resiste por más que la intentes romper.

Es que de igual forma resiste el cuerpo cuando está cansado. Se aprende a cerrar la puerta antes de que los huéspedes insistan en entrar, se aprende a reír, a jugar sin juzgar y a seguir siendo niños cuando la madurez toca la puerta. Aprendes a calmar el llanto y a evitar la decepción, hay quiénes se encuentran nerviosos por entrar. Pero visualizas más allá y observas la fila de quiénes, la puerta se les ha abierto de par en par.

Están los que duelen para siempre y los que no están, nos son bienvenidos, son muy pesados para que mi fibra los sostenga.

Propuse abandonar la idea de escribir, y ahora, es cuando mis dedos quieren contar la historia.

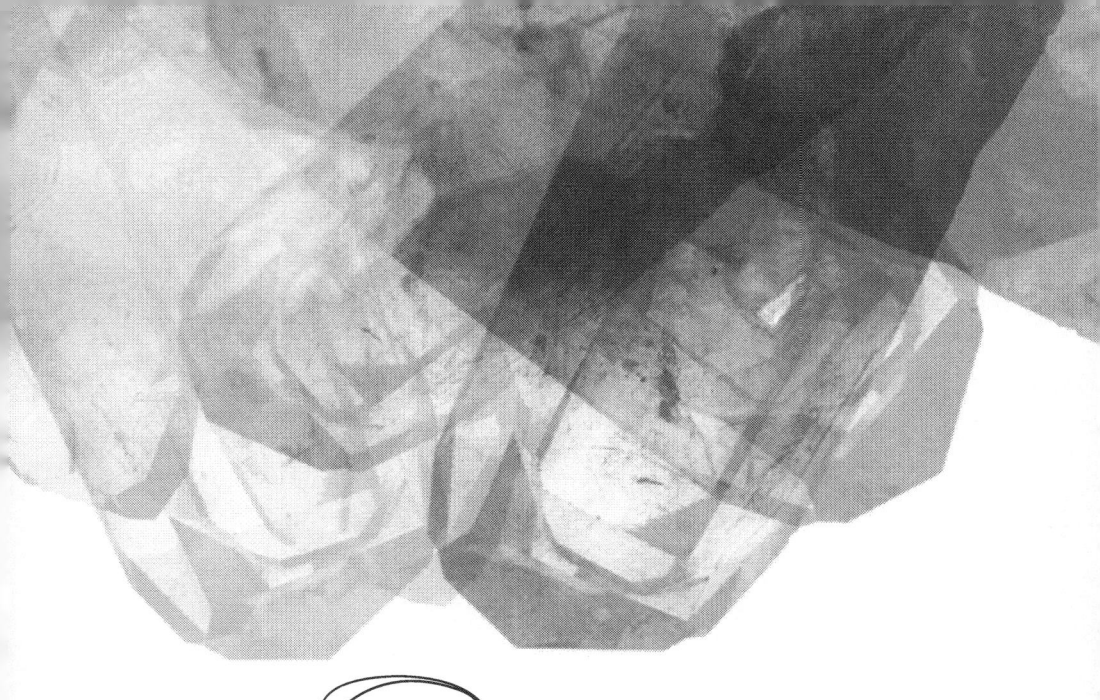

Eres como la literatura,

Tu sintaxis es perfecta, en cada parte de ti encuentro una frase que lleva a descubrir un nuevo mundo.

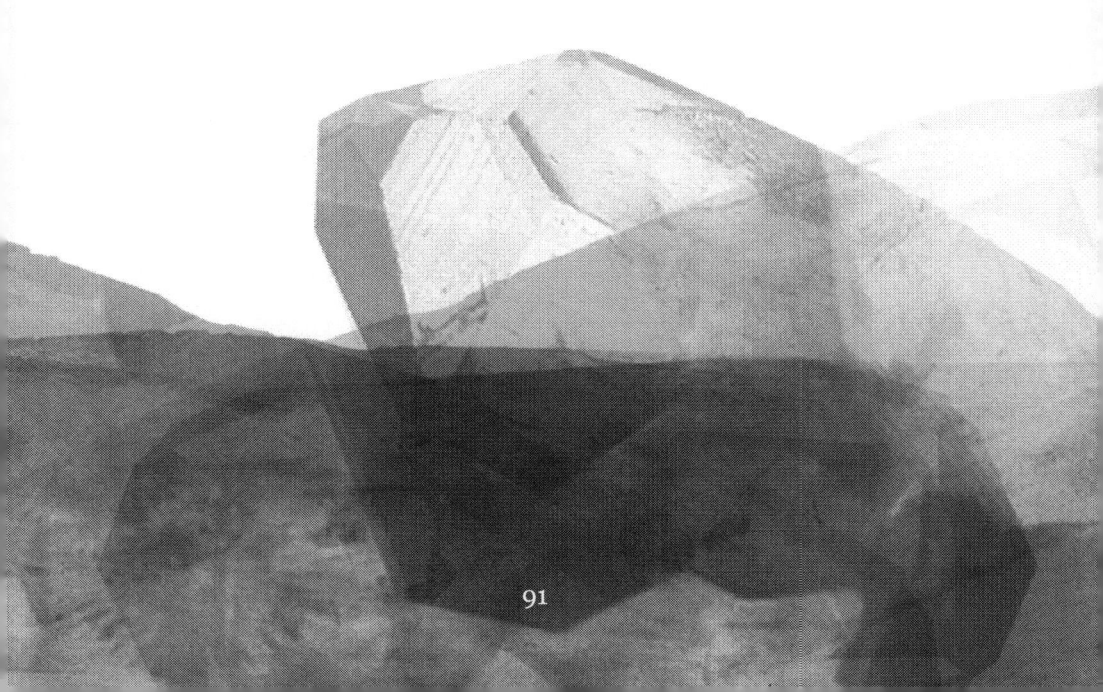

Saber irnos.

Saber quedarnos.
Pero evitando el paso a mitad del camino.

Quizás ya no se trata de esperar, sino de saber a quién se está esperando. Pero siempre, las cosas saldrán como tienen que salir.

Confía.

Por mucho perseguí ausencias, ahora entendí que mi presencia es ese espacio seguro en el que puedo ser libre y auténtico.

La tranquilidad no se negocia. Comienzas a evitar personas, a frenar tus palabras. Y tu gente se reduce a calidad y no a cantidad.

Estoy seguro de que me recordarás, no sé si en tus sueños, en una que otra canción o quizás en algún perfume.

A veces no necesitas decisiones inteligentes; a veces solo necesitas decisiones correctas.

Quisiera escribirle, no sé, quizás preguntarle si podía llamarle. Es más, yo empecé el mensaje. Entonces tuve la idea de que las relaciones siempre terminaban en ese momento, en el que una vez llamamos por amor, solo era por conveniencia.

Cada uno da desde su esencia y la esencia habla de quién eres.

LA MELANCÓLICA VIDA DE UN
SOÑADOR

No puedo tratar de borrar el momento en el cual mi vida, mi destino se tornó de mil formas y con millones de salidas, ya no tenía ni claro por qué razón me esforzaba a diario por mejorar tan inocente vida, era mejor solamente cerrar mis ojos y soñar con ese rostro lejano que por algún motivo mi conciencia recordaba claramente, causaba sensaciones que para mí eran inusuales no sé si increpaba en el miedo o simple en la excitación.

Pero ese recuerdo trae sonrisas sin razón, sin motivos aparente se desvaneció tal recuerdo que las lágrimas brotaron de manera propia, era algo extraño y mortífero para mi vida el código de recuerdos olvidados, de memorias entrañables eran solo vivencias ¿acaso he olvidado quién soy?

El desafortunado emblema de esa persona causaba despojos y no me concentraba en mi trivial vida, todo era lo mismo cada día. Una aburrida rutina que tenía que romper y aquellos pensamientos vividos en el día se trasladaban incesantes cada noche, sencillamente la verbosidad era inexorable, no existía por ninguna parte una alegoría de aquello que para mí, significaba importante.

Ahora entiendo que soy un hombre en busca de un sueño imtangible, pero al mismo tiempo real y genuino.

En un momento de tan crueles sucesos que sólo causaban desconsuelo a este solitario servidor, recibí una respuesta de golpe y porrazo, y es que esperaba que fuera una patraña o una falacia que tuviera sentido.

Eran frases sin rumbo, mi melancolía no me dejaba observar más allá de un «Te amo» o «Estoy aquí para ti» aquel hecho no podría ser tan sobrenatural.

Ahora, azoto mi mente por tal descubrimiento ¿qué pasó en esos momentos? ¿por qué razón no recuerdo su cuerpo? ¿su embrujador hedor, las sensaciones de sus besos y esas frescas caricias? Toda esa cantidad de sueños melancólicos que por algún motivo no puedo recordar. Repetidamente escribo esto, ¡y ahora recuerdo! Soy escritor o hago el intento, soy amante de las letras, soy lo que ellas dicen pero a la vez lo que ellas callan, en esta vida soy tan predicado que ya no encuentro el sujeto o el verbo que, complete mi oración llamada VIDA, me enamoré de un personaje creado en mi mente.

¡*Soy un melancólico soñador!*

No es quien te escucha para responder, es quien te escucha para comprender.

Unas cuantas lavadoras, limpieza y tal.

But first coffee

No me idealices, soy como tú. Un tipo «normal»

Nada ha cambiado, estoy aquí. Unas contigo, otras sin ti. Es que no he tenido suficientes ganas o las excusas correctas para dejarte ir.

En muchos momentos seguimos confiando en las personas que nos dañan, porque tenemos la esperanza de que regresen a ser las que un día nos cuidaron.

Ábrela puerta, encuéntrate ahí dentro. Hoy extrañas esos días en donde los colores tenían más brillo, hoy intentas reconocerte frente al espejo.

Pero sigues siendo tú, solo que en otro contexto.

Los seres humanos tenemos el poder de reinventarnos y buscar la manera de salir airosos de nuestras propias ganas de estar solos.

Todo empieza donde algo terminó. Las nuevas sonrisas aterrizan en tus labios después de unas cuantas lágrimas porque los mejores momentos de la vida comienza a llegar luego de muchas noches de insomnio.

Discúlpate a ti mismo por haber cometido infinidades de errores que hoy te han hecho ser mejor.

Dicen que al final ganan los que se atreven.

Hay ayeres con los que ya me reconcilié, me despedí de lugares que ya perdieron su belleza y abrazo aquellos días que están por llegar con las garras afiladas.

Hoy el inicio se me hace infinito. Hoy una copa de vino no basta, hoy el inicio se parece más a un final.

Hoy tengo algo más que agradecerme, me has ayudado a conocerme.

Más allá de las capacidades están las ganas. Más allá de la aptitud está la actitud. Más allá de la belleza está el alma.

Amante de las letras, amado por ellas. Soy lo que mis palabras dicen y también soy lo que mis palabras callan.

Un día me falló quien menos imaginaba y entendí que las palabras hay que cumplirlas y de los actos hay que hacerse cargo.

No acumules silencios, grita de vez en cuando.

El mundo rara vez coincidirá con tus expectativas.

Así que camina por él con amor y firme a tus convicciones.

Recuerda:

La energía es muy poderosa, pero a la vez muy vulnerable.

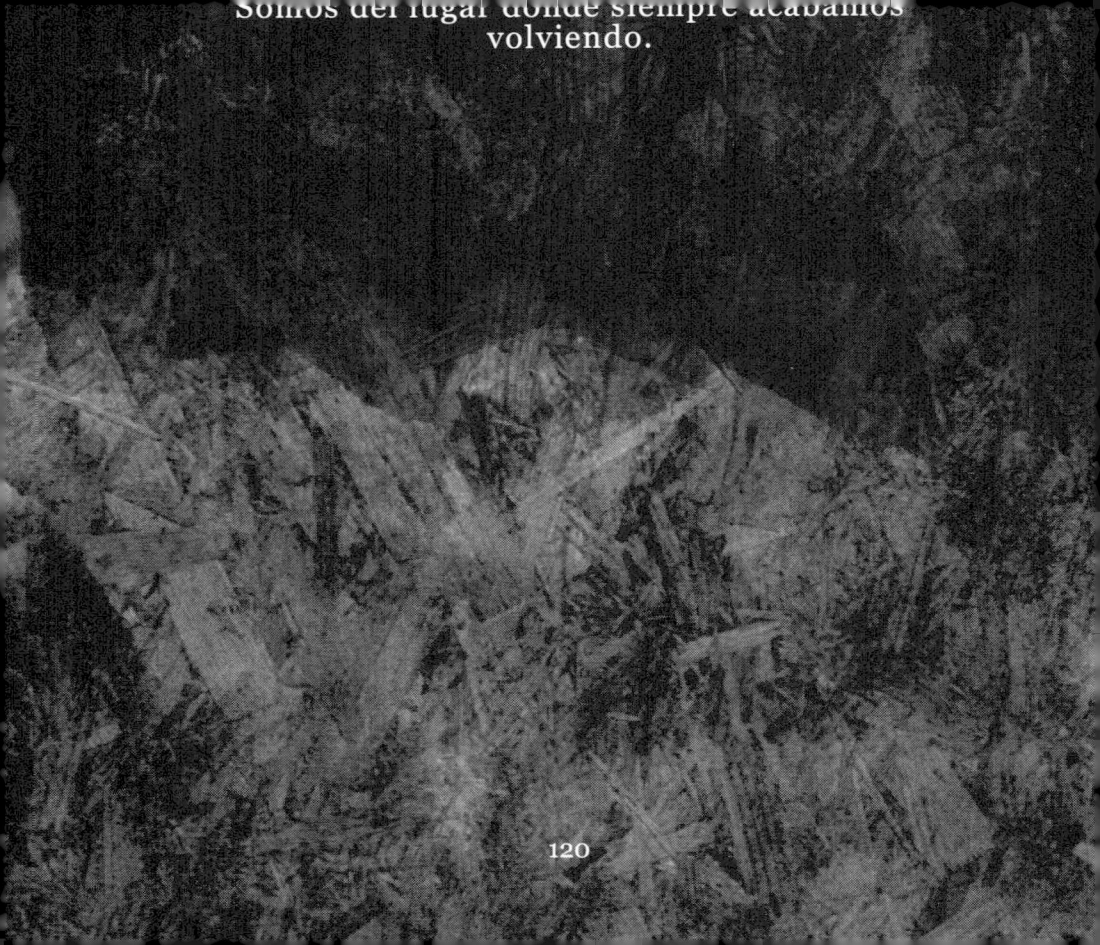

Somos del lugar donde siempre acabamos volviendo.

Quizás nos hace faltar tomar un vuelo y allí tomarnos un café para hablar de lo que sabemos. Nos merecemos una cita en el aire para morir de la risa y entonces lograr entender porque somo el uno para el otro.

Quien te quiere, te elige con tu desastre, ama tus rarezas. Esa persona no te necesita, pero desea estar a tu lado, abraza tus miedos y aunque tu vida sea caóticamente imperfecta, te sigue eligiendo.

AMIGA

Una amiga es paz y caos. Es la risa cuando todo parece derrumbarse.

Una amiga es alguien que te dirá la verdad.

Una amiga es una extensión de ti y de tus pensamientos.

Una amiga, es la verdad, es la traducción de la incondicionalidad.

AMIGO

Un amigo, es con quien te partes de la risa y te ríes de él también.

Un amigo. Ese que te da fuerza cuando no hay ganas. Ese es tu hermano.

SOLO VIVE...

Hay viajes de los que no se regresa, hay momentos que quedan atesorados en la memoria de quien los vive y yo soy un vivo ejemplo de que la vida más allá de unos cuantos recuerdos olvidados.

La virtud puede esperar su turno.

Camina despacio, la arena que transitas puede no ser profunda, pero sí movediza.

El auto de tus memorias se encuentra estacionado en el mismo espacio en el que dejaste estacionado tus ilusiones. Tu viejo hogar.

Es momento de reescribir tu infancia, en esa falsa teoría de los seis grados de separación. Y es que hoy tu espalda rasga el inexorable escenario de tus memorias. Decide empezar con una historia que tenga una sola ruta y ese camino sea el largo horizonte del amor y la esperanza.

Pobre de aquel que viva siendo la consecuencia de sus debilidades.

A veces el corazón necesita tiempo, a veces es necesario reír y otras llorar. Pero, qué bonito es poder comenzar de nuevo y permitirse explorar nuevas rutas y nuevos caminos hacia lo que tanto anhelamos. Todos en algún momento necesitamos reiniciarnos la vida, reconocer nuestros sentimientos y pensamientos.

Y es que todo cambia cuando te entregas, todo fluye cuando sueltas, todo llega cuando es su tiempo y sin duda todo sana cuando aceptas.

Eso es lo bonito de comenzar de nuevo.

No hay frases que limpien la mugre, no hay consejos que funcionen. ¡Solo hay decisiones!

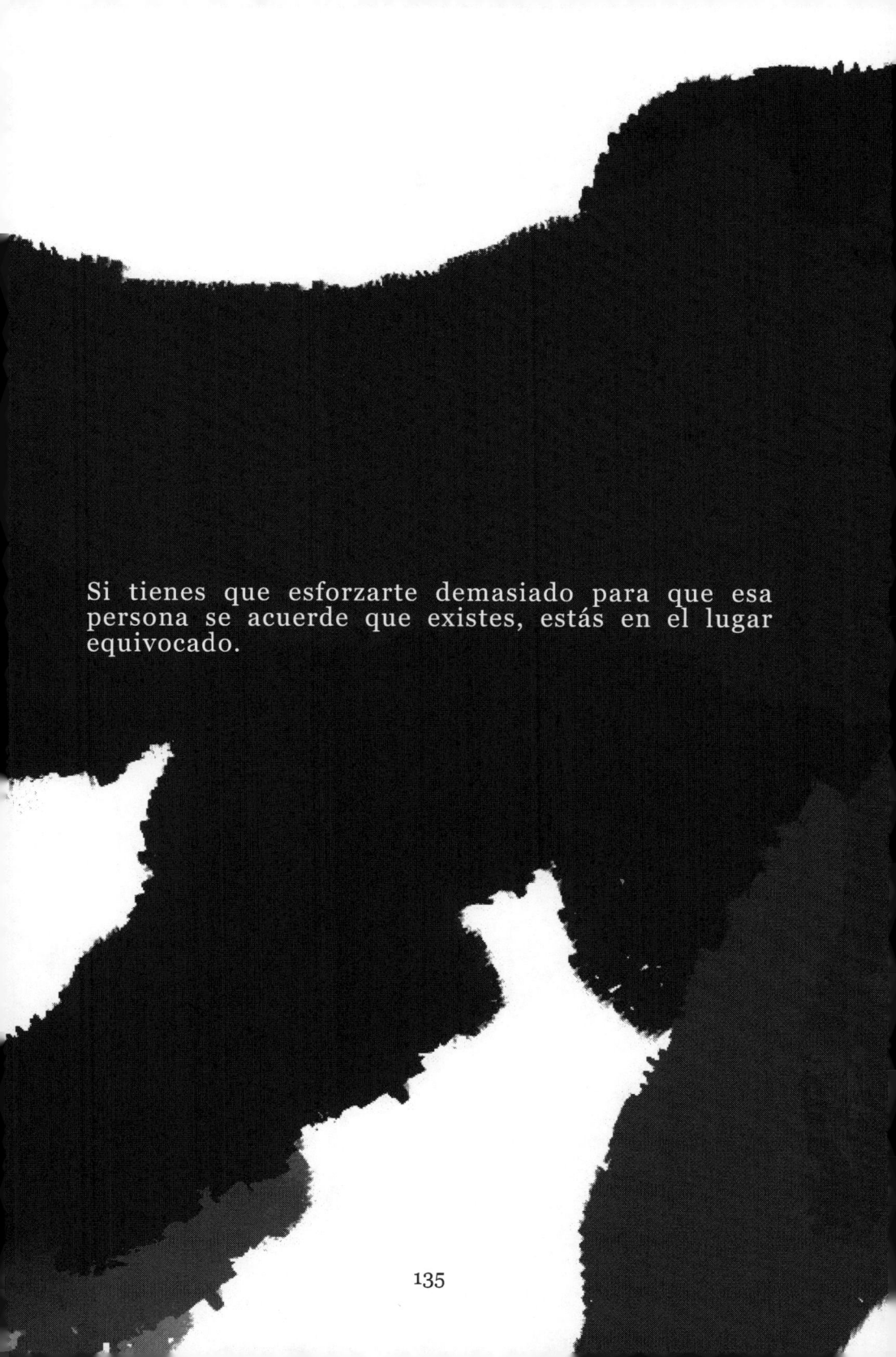

Si tienes que esforzarte demasiado para que esa persona se acuerde que existes, estás en el lugar equivocado.

Cuando levantamos un muro, tenemos que pensar en lo que dejamos del otro lado.

La vida tampoco se toma la molestia de ser completamente injusta.

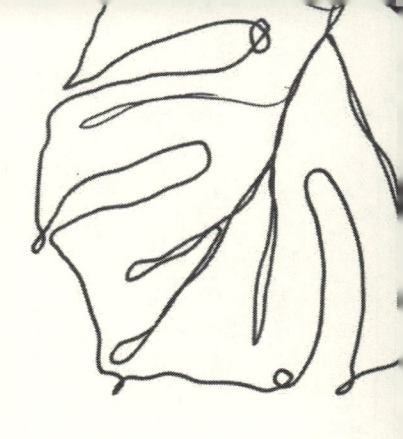

Disimular es otra forma de olvidar.

ABRIL

El frío en estas noches de abril, justo cuando la primavera comienza a abrirse paso, los recuerdos se hacen incontrolables.

Y es que tu recuerdo viene a mí, quisiera tomar una ducha tibia, desvestirme en el sabor de un vino, sentir el agua recorrer cada fibra de mi piel, y liberarme de ti.

Pero el agua se vuelve más tibia al tocar mi piel, al tocar mis memorias mientras mis ojos se entreabren para hacer más firme tu imagen

PASIONES NARCÓTICAS

Existen estrellas que mueren por sentirse vivas. Hay momentos en nuestras vidas en que nos damos cuenta después de mil intentos fallidos que hemos estado en el lugar equivocado. Sin duda alguna, creo firmemente en la capacidad que tenemos los seres humanos para poder reinventarnos y buscar la manera de salir airosos de nuestras propias ganas de no estar solos.

Han sido meses duros, meses donde he tenido que despedir gente que en algún momento pensé que estarían a mi lado por mucho más tiempo, pero me equivoqué y hoy día me sigo equivocando, sigo creyendo en pasiones que más convertirse en un alivio, se han convertido en un espasmo en mi pecho que no me deja respirar.

Hoy las llamo, pasiones narcóticas. Son como el humo del cigarrillo que, aunque te hace daño, sabes que sigues allí esperando que la persona lo apague y solo tenga un deseo. El deseo de probar tus labios.

No culpo a nadie de las circunstancias, yo soy el único responsable sin lugar a duda. Pero creo que todo vicio nos hace tocar fondo y cuando eso ocurre, es cuando despiertas y te das cuenta que has dejado a un lado ser quién eres para convertirte en alguien que solo quiere agradar a la otra persona, aunque esa otra persona piense en todo momento en un personaje que lo hace sentirse vivo, y finalmente terminas por aceptar que no eres tú.

A veces creo que todo pasa más rápido de lo que uno puede darse cuenta y a veces no sé explicar cómo suceden las cosas. Pero confío en que todo será diferente, porque debes estar preparado para aceptar que no es lugar, y no es que esa persona sea mala, todo lo contrario, es buena, porque te deja un aprendizaje.

Solo que esa persona la hace ser la incorrecta y aun así, tú sabes que esa pasión por muy intensa o efímera se volvió narcótica porque te deja los labios adormecidos y el corazón deshilachado

Al final, sólo se puede hacer algo y es agradecer, retirarse y dejar que los días sigan andando y sobre todo quererte cada día un poco más.

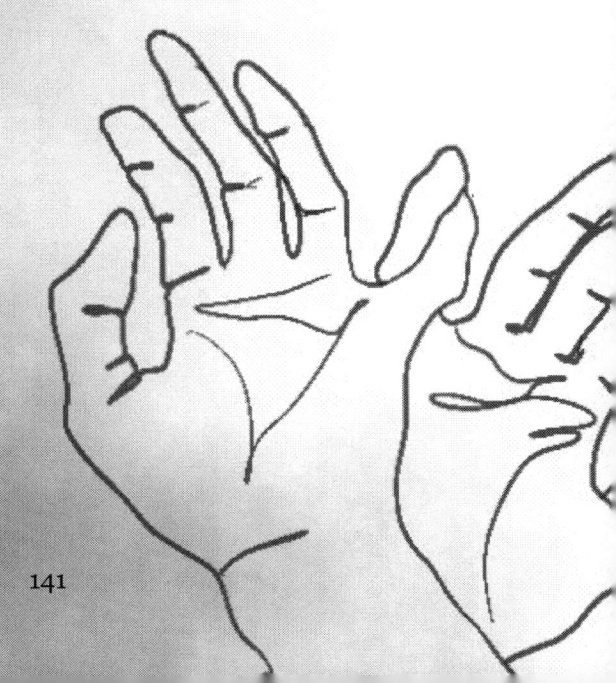

Se está abriendo una nueva puerta, una nueva oportunidad hace destellos de luz.

Es momento de entrar y aprovechar el momento de hacerle frente a las circunstancias, he decidido enfrentar esos miedos y dar lo mejor de mí sin esperar nada a cambio.

Te aconsejo a que tú también lo hagas, que te rías mucho, que dudes de todo, cree en el prójimo, lucha con un ideal, inspírate de algo, cree en alguien...

¿Qué te detiene? ¡Mira que en esta vida todo es efímero!

Hasta nuestra respiración.

Una vida que dé revanchas, no segundas oportunidades.

A veces la esperanza es un punto ciego de la realidad.

El tiempo sabe cómo ajustar las piezas que faltan.

Siente orgullo por el progreso que llevas hasta hoy.
Especialmente por ese que la gente no ve.

Ya he probado el amor y el desamor. Por eso hoy le pregunto a la vida, sí ya terminó mi período de prueba.

Que nadie sospeche que te falta la mitad del alma.

Que nadie te diga que tus logros no vinieron de un fracaso.

Que nadie te quite la sonrisa de querer continuar.

Sé que quieres comenzar de nuevo, salir a la superficie con mayor impulso.

Pero esta vez contigo, quieres darte más amor. Arreglar todo aquello que te duele. Dejar lo que intentaste y no se pudo, olvidar lo negativo y enfocarte en lo que merece la pena.

Estoy en una etapa de mi vida, en la que me permito ser consciente. Ya no estoy para caminar con alguien que no se atreve a dar un paso por mí.

Hoy estoy llevando bien con mi soledad.

Estoy aprendiendo a ser más agradecido. Se cual sea el momento que esté atravesando.

Quizás muchas veces no lo entienda, pero DIOS me dice: - Hijo, este este es el camino que tienes que recorrer, porque cada vez estás más cerca de tu destino.

LAS AGUJAS DEL RELOJ

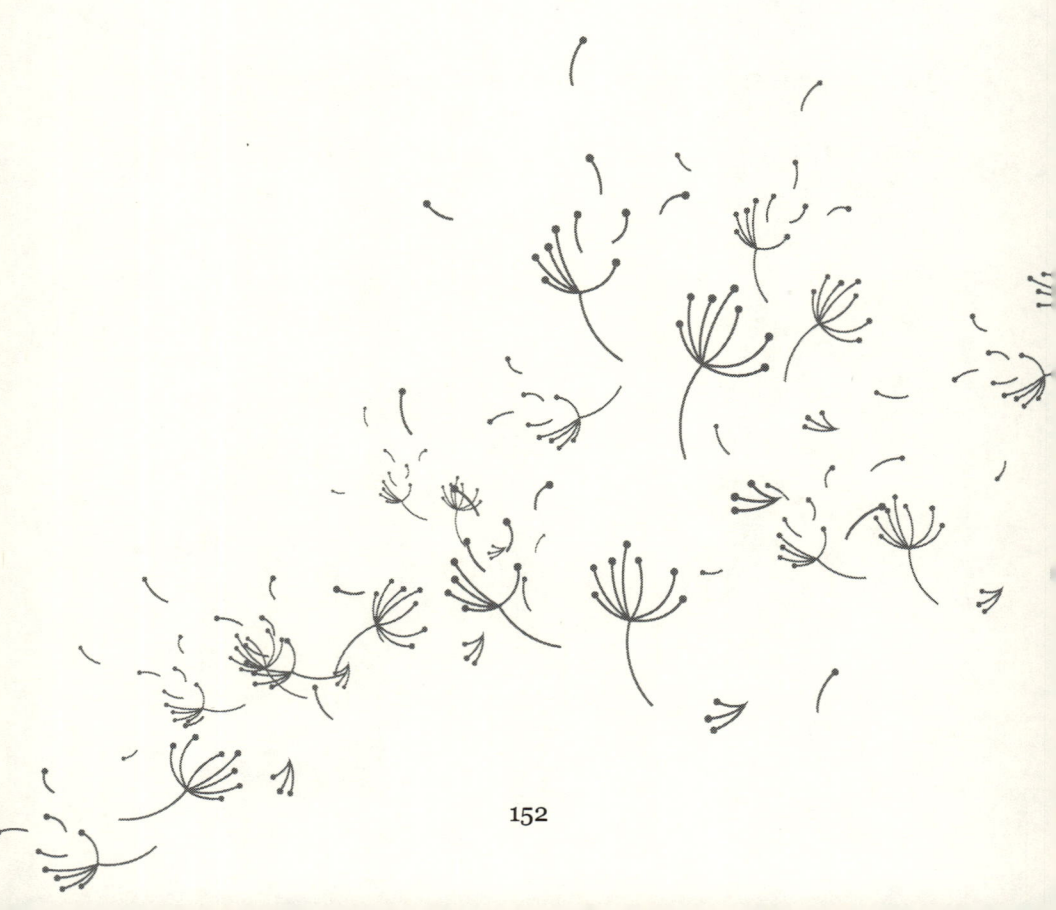

El tiempo, es un gigante que puede arrasar con todo a su paso. Considero que todo es cuestión de perspectiva, de cómo se ven las cosas y de cómo deseamos sanar. Hace poco le dije a un amigo que el tiempo puede ser nuestro mejor aliado o nuestro peor verdugo.

Sin duda alguna siento que es así, pues muchas veces queremos sanar heridas y éste no nos ayuda, y en otros casos olvidamos muy rápido aquello que pensamos que nos duraría para toda la vida.

Por lo pronto debemos ser capaces de discernir lo que nos mantiene de pie, lo que nos impulsa a avanzar. Aunque con el pasar los días...vamos dejando a personas, amigos, parejas y hasta la misma familia en el pasado. Pero lo que no podemos dejarle al tiempo son esas ganas de vivir y de esforzarnos un poco más por ser mejores de lo que solíamos ser ayer.

Discúlpate a ti mismo, a ti misma por haber cometido infinidades de errores, que espero que hoy te hagan ser mejor. Esos amores que te enseñaron a creer en el amor, a aquello que quisiste y no pudiste tener pero que de alguna forma te impulsaron a intentarlo.

Regálale las gracias, a esas amistades que hoy se alejaron, pero te enseñaron el valor de la confianza, y los que hoy aún se mantienen contigo pese a la distancia, las adversidades y dale las gracias a ese miembro de tu familia que un día te dijo te amo y hoy es un completo desconocido. Simplemente dale las gracias a la vida y a cada momento que hoy te ha hecho ser la persona que eres hoy.

Sea cual sea el final de todo, lo cierto es que el tiempo siempre nos dará una respuesta. Por lo pronto, sigue avanzando, date una nueva oportunidad, mira que no tenemos mucho tiempo.

No se trata de blanco o negro, porque la vida tiene un sin fin de colores. Querer ser amable no te hace débil. Reír, no te hace insensible a la tristeza.

Tienes muchos puntos de luz. Permítete ser más humano.

Existen puntos finales, que sin duda serán el marcador de un nuevo comienzo, de una nueva oportunidad.

A veces miro hacías atrás y me doy cuenta de todo lo que he crecido. No quisiera volver a ese lugar, pero reconozco que gracias a ello, aún estoy construyendo mi mejor versión.

Esa es la vida.

Y de tanto planearla, la vida se nos va. No es que me preocupe a dónde voy, es que me he dado cuenta que nada se repite y aunque coincidamos con las mismas personas o los mismos lugares y que, aunque volvamos a encontrarnos con eso, ya no somos los mismos, porque esa es la vida.

La vida no se queda con nada, todo ha de llegar. Y es que no siempre las cosas saldrán como esperabas, pero igual entrega todo de ti.

Un día todo habrá cobrado sentido, te lo prometo.

Hemos sido salvavidas de gente que nos rompió y míranos, aún seguimos de pie. Solo que he aprendido a quedarme en silencio cuando lo que siento realmente es ganas de gritar.

Y es que he llegado a la conclusión, que aunque he intentado ayudar a muchos, me olvidé de mí mismo, pero ahora es que estoy listo para darme ese lugar.

Hay comienzos que son muy nuestros.

Otros los que el destino nos impone, lo cierto es que en cualquiera de los casos. Siempre hay una nueva oportunidad de comenzar de nuevo.

Querido Yo...

Paso a recordarte que en los pequeños detalles están en la grandeza de las cosas.

Quizás hoy no estás dónde quieres estar, pero mira, ya no estás en el lugar en el que estabas ayer. Lo estás haciendo bien. ¡No te detengas!

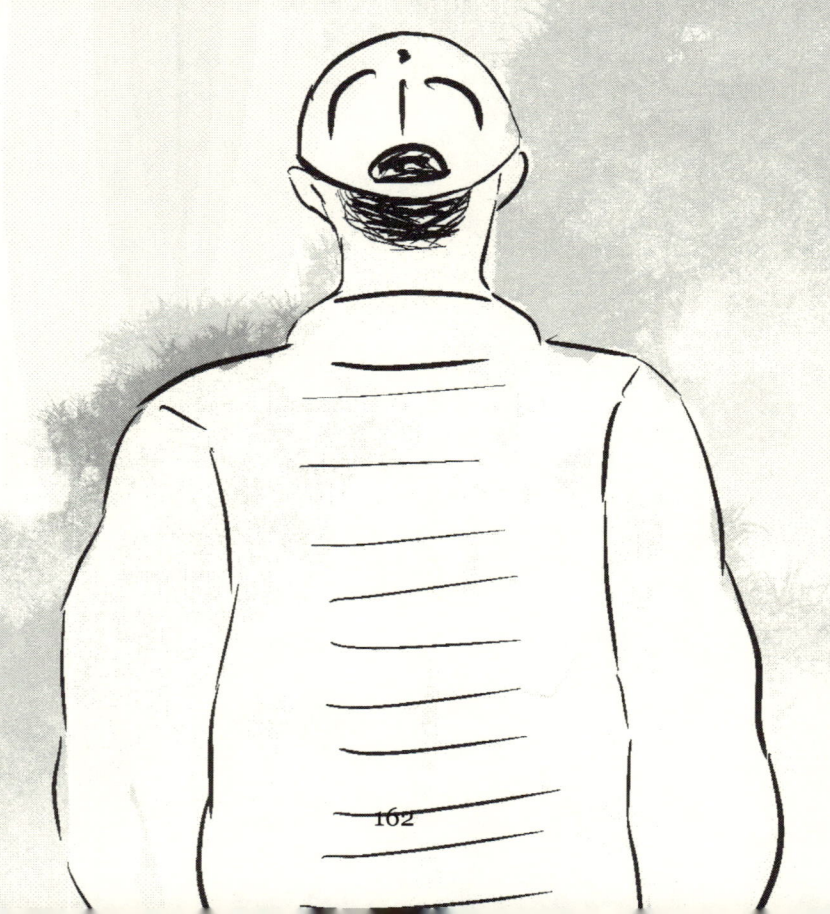

Muy pronto te vas a sentir bien otra vez, y sin darte cuenta vas a volver a ser tú, pero mucho más fuerte.

Una persona es bonita por como trata a los demás. Esa belleza real se da cuando sonríes, cuando abrazas con el alma, cuando proteges a tu gente.

ELLA

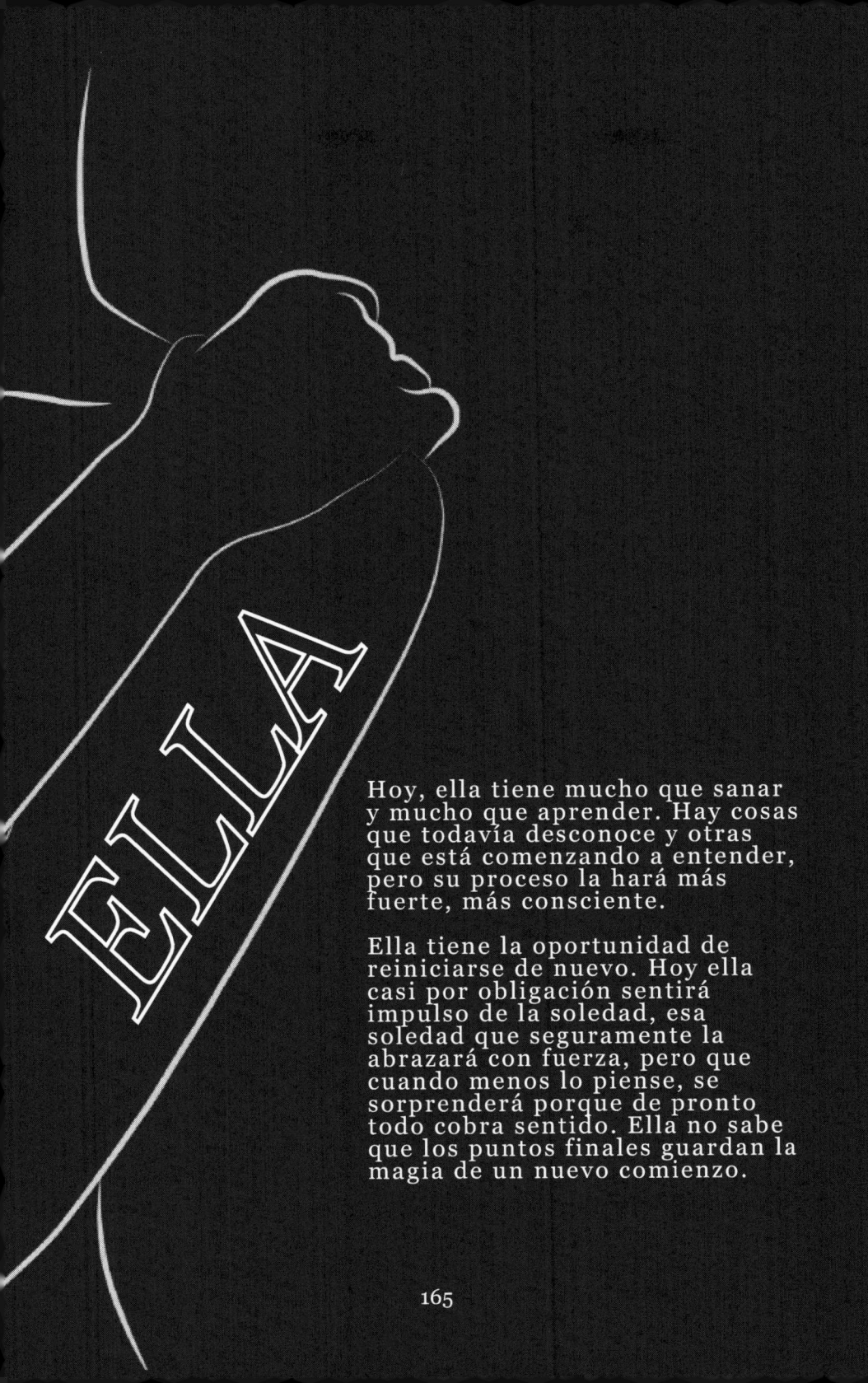

Hoy, ella tiene mucho que sanar y mucho que aprender. Hay cosas que todavía desconoce y otras que está comenzando a entender, pero su proceso la hará más fuerte, más consciente.

Ella tiene la oportunidad de reiniciarse de nuevo. Hoy ella casi por obligación sentirá impulso de la soledad, esa soledad que seguramente la abrazará con fuerza, pero que cuando menos lo piense, se sorprenderá porque de pronto todo cobra sentido. Ella no sabe que los puntos finales guardan la magia de un nuevo comienzo.

CUANDO SEPTIEMBRE TERMINE

Hoy me toca salir a un mundo desconocido, hoy después de soñar con un futuro seguro, las heridas están rompiéndose cada vez más. Nadie nos dijo que cuando septiembre termine, nuestra historia se iría con él, como si no importara todo lo que construimos.

Lo intenté, te juro que lo intenté, pero mi miedo a la derrota terminó por agotarme antes de tiempo.

Me quiero quedar con ese último Te amo que me dijiste mientras me besabas, me voy con tu aroma y ese espacio que era nuestro es que hoy la realidad se ve tan diferente sin ti.

Pero no nos culpemos más.

Este es el final que nos tocó, nos dimos tanto espacio que dejamos de hacernos felices... Solo deseo que vuelvas a sonreír como cuando estabas conmigo, que te cuiden y de algún modo, pero de diferente forma, puedas cumplir ese «para siempre» que un día planeamos.

No tengo derecho a pedirte nada, ni a celarte, pero mi amor por ti sigue allí, aunque ya no pueda demostrártelo.

Gracias por haber creído en lo nuestro, en un nosotros. Pero ahora te debo dejar y permitirme que cada uno continúe su historia. Estoy seguro de que será mejor, solo que no sé sí estaremos para verla.

Gracias por tu confianza, tu tiempo, tu amor y sobre todo por esos momentos que se van conmigo, cuándo septiembre termine.

INTER MITEN CIAS

Existen heridas profundas, heridas que con el pasar del tiempo se vuelven más dolorosas.

Te sujetas y pides a gritos que NO te lastimen más, pero el golpe es tan fuerte que tu corazón deja de bombear sangre y comienzas a dejarte caer; el abismo está al fondo y los pensamientos en el hoyo de la oscuridad.

Por las noches vislumbras las añoranzas del día, pero, es hora de vivir, es hora de equivocarte para sentir que has vivido.

Es que, en las constelaciones, puedo decir que se encuentran mis peores decisiones, decisiones que son mi orgullo, decisiones que son muy mías.

Sobre esta altura he llegado y estoy donde estoy sin odiar, ni destruir. El alma existe en los ratos en que la dejamos respirar.

Antes, todo estaba más vacío, pero eso sí, con ciertas pretensiones de plenitud, el escalón podrá ser muy alto, pero te aseguro que llega a la cima.

No puedo ser frío, la vida no tiene temperaturas. Dejas pasar el tiempo, pero no se convierte en otra cosa más que un tiempo perdido.

Puñaladas que rasgan mi piel.

Heridas que se cruzan por la blasfemia en la que se ha convertido mi vida, cicatrices que nadie podrá hacerme llevar al olvido. Estoy taciturno, pensando qué es lo verdadero, qué es lo falso.

Hoy desconozco muchas personas que en algún momento me dijeron somos amigos, hoy me arrodillo ante mi flujo rojo y viscoso que me hace revivir lo inexplicable de mi pasado, presente, y tal vez futuro

Te dejo en libertad

Te libero de mi, de lo que soy.
Te libero de mi temperamento tan cambiante,
Te libero de mis locas indecisiones
Te libero de mi afán de cambiar el mundo.

Hoy te dejo en libertad,
Te libero de mi y de mis mil demonios
Hoy simplemente decido liberarte de
un mundo lleno de mil preguntas sin respuestas.

Hay rincones de nosotros mismos que no visitamos.
Es allí, cuando comenzamos a perdernos.

Nos quedamos a deber más ganas y menos pretextos.

Créeme los recuerdos desvelan más que el café.

En mi soledad he encontrado algo de liberad. Pero un día abres los ojos y más que un despertar entre tanto vacío, es un renacimiento a la vida misma.

Quizás hoy sientas miedo, quizás, solo imaginas muchas cosas y te acostumbras a vivir entre la inseguridad y el ojalá. Pero, ahora es cuando más debes confiar en ti. Ahora es cuando debes decir no a aquello que te quita la sonrisa y darle un sí a nuevos momentos. Y es entonces, cuando todo vuelve a cobrar sentido y te permites ser frágil, más real.

Comienzas simplemente a ser tú.

Hermanos

Si de algo tengo suerte en esta vida, es de no haber crecido solo.

Naciste tan solo pocos años después, **_Jesús Rafael_**, mi orgullo, mi príncipe eterno. Contigo las ilusiones, los sueños y las charlas nunca se hacen cortas...

Eres sublime, eres audaz, eres valiente, pero sobre todo eres mi hermano. Te amaré hasta que mi existencia se extinga a través del tiempo.

A ti, **_Estefanía_**, la menor, pero la mujer con la que comparto las diferencias, me has querido de todas las formas posibles. Hermana de mi alma, tu esencia radica en demostrar tu fortaleza, tus insaciables ganas de construir tu propio futuro.

Ser su hermano me regala un propósito genuino, y hoy solo quiero decir, estoy orgulloso de ustedes.

Sin duda, soy afortunado de no haber crecido solo.

INTERMITENCIA

Hoy tengo tanta incertidumbre, hoy más que nunca tengo miedo. Hoy es como despertar y darte cuenta de que sí, que eres inmortal, que no estás exento de nada. Cuando caminas y caes, es un simple tropiezo.

Pero cuando caminas y el cambio es tan brusco sientes el golpe con un dolor profundo, es allí donde las cosas toman un rumbo inesperado y es donde debería de existir una inflexión.

Es que no estamos listos para ciertas cosas en la vida, no estamos listos para enfrentarnos a demonios que son muy nuestros por más que nos cercioremos de que no nos harán daño, están allí y cuando despiertas forman parte de ti, de tu vida y de lo que buscas encontrar en tu historia.

A veces no entendemos cómo cambia todo en nuestras vidas. Pero eso no quiere decir que sea bueno o malo, todo se debe a como tú lo tomes.

Para mi cada punto de inflexión es como yo lo vea y es una lucha constante conmigo mismo, porque sé que allí fuera existen muchas, millones de personas buscando su sueño y queriendo encontrar parte de lo que son.

Hoy en este punto siento miedo, siento el deseo de cerrar los ojos y que no me aparten de aquello que tanto quiero, hoy siento la necesidad de abrazar, de besar y de decir cuánto amo. ¿Pero a quién?, ¿a mi familia, a mis amigos?, ¿a quién? Y es que escribo estas letras porque necesito drenar el coraje de tantas injusticias de tantas veces que el corazón se te rompe en pedazos y luego no sabes cómo armarlo, pero aun así debes continuar.

Todo en la vida pasa, pero mientras pasa duele y sentirte impotente de no saber qué hacer con todo aquello que pasa frente a ti. Es como cuando crees que todo está bien y ocurre algo que te hace sentir que eres alérgico a eso; eres tangible al dolor y a la separación tan abrupta.

Mi cabeza tiene un pensamiento bastante intenso y un poco abstracto, yo creo que eso aún continúa, solo que como entiendo y siento lo que quiero empezar a vivir, la intensidad bajó, pero lo abstracto continua, siento miedo, pero sé que todo lo que vivo es parte de ese miedo que no me deja vivir , ¿qué inverosímil no? Pero es así, una vez más siento miedo a perder, pero es allí cuando nos hacemos más fuertes.

Lo más divino que me puede pasar, entre riesgos, miedos, lágrimas, viene de encuentros maravillosos con el universo y aquello que sé que me espera en algún lugar.

Sabes, hay que ser valiente para enfrentar el miedo, no todos van a entender las cosas que haces, es más fácil encontrar una desaprobación que un apoyo.

No te compares, es tu proceso, son tus miedos, son tus sueños. Ve por ellos.

No sabía amarse, pero aprendió a hacerlo, hoy solo pides un poco de tranquilidad por las mañanas. Hoy sé que te estás llenando de valor, determinación para comenzar de nuevo, aun cuando quizás no te sientes capaz de hacerlo.

No siempre le vamos a ganar a la vida, pero siempre podremos sacar nuestra mejor versión.

¿Qué si puedo olvidarte?

Te has vuelto un recuerdo hondo. Ya no perteneces a mí, pero aún sigues allí. En a la sombra de la noche como un regalo que no ha sido contado.

Siempre vamos a tener despedidas inevitables. Pero también, llegarán nuevos encuentros.

De cualquier forma, lo importante es que tu única constante sea la de no perder tu esencia.

Y ahora que firmé la paz conmigo, no cualquiera podrá venir a quebrarla.

Hoy siento tanta incertidumbre, hoy más que nunca tengo miedo.

Hoy es como despertar y darte cuenta de que sí, que eres inmortal, que no estás libre de nada.

Estaré en ese lugar que ya no existe. Y es porque existo en mi imaginación. Fui a donde nunca estuve, abracé a quienes aún no conozco. Pero voy a morder mi manzana del pecado, verde como la noche.

No existe ciencia que me ayude a intuir el mal o el bien. Paso desapercibido entre tanta oscuridad. Mi epidermis aguanta el roce de quienes desean verme sangrar.

Pretendo estar despierto cada noche, buscar una explicación teórica para enfatizar, maquinar o transgredir cada detalle.

Es inexplicable, pero hasta la fecha se dice que se sabe demasiado. Seguiré lúcido, orgulloso e imponente ante tanta crueldad.

SEXO
El mayor de los placeres...

ESCRIBE SOBRE MI PIEL

Conoce lo que falta de mí a través de mis letras, saboréame mientras me lees, letra a letra como sí fuera mi piel. Tócame palabra a palabra, bésame sílaba a sílaba en silencio, punto por punto, coma a coma, desliza tus manos un paso adelante o si prefieres, tartamudéame, despacio y sin miedo, declámame, cántame, susúrrame y cuando el éxtasis llene tus ojos de letras sublimes, deja correr las hojas entre tus dedos, una vez que descifres el anagrama estaré sobre tus sábanas, con tus ojos cristalinos y tus manos temblorosas sobre mi cuerpo inundado de mis libros, de mis cartas.

≈≈≈

Quiero sentir tu delicada piel, como si fuese el pergamino donde escribiré nuestra historia. Porque escribir es la exquisitez más barata del mercado.

**Tú y yo dejamos muchas
cosas pendientes

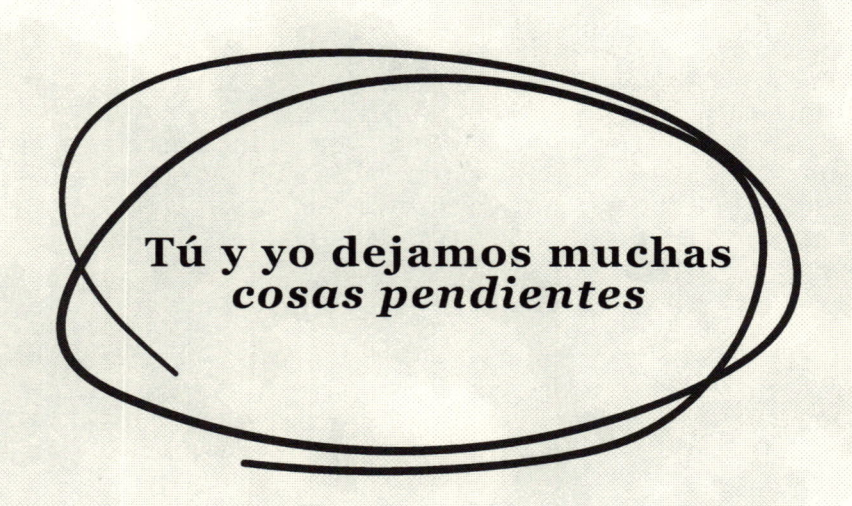

Una charla,
Un vino,
Muchas risas y
Quizás una vida juntos.

Me divierte lo retorcido de mi mente, me libera. Ella me permite escucharla y reconocer cuando debo disfrutarla a través de una fantasía o realidad.

Entre la cabeza y los genitales tenemos el corazón. Él representa los sentimientos, pero nuestros órganos representan esos comportamientos más viscerales, mientras que el corazón nos regala las emociones más intensas.

Debemos aceptar y afrontar nuestra condición de seres individuales y solitarios que caminan por la vida apegándose a nuevas ideas, situaciones, emociones y por qué no, a esas personas que nos llevan a la cúspide del placer y la aventura, esas personas que tienen la habilidad de hacernos sentir algo que otros no logran.

Poéticamente hablando, quiero que mi cuerpo y el tuyo rimen.

Lo besos no mueren, tampoco se pierden...Los besos se dan, se viven y se recuerdan.

Las abreviaturas no son buenas en la ortografía y tampoco en el sexo, cuando abrevias una palabra hace que ésta pierda importancia, y cuando «abrevias un polvo» haces que quién te desee pierda importancia en ti.

Las mejores historias se escriben en la cama. Tómate tu tiempo para escribirlas bien.

¿Te digo algo?

Vamos a llenarnos de besos. Pero lo que más me atrapa es esa pasión que llevas. Y eso le queda bien a mis ganas de presumirte.

No me ata tu sexo.

No me atan tus piernas, tus músculos o tus nalgas.
Lo que me ata es la sublimidad de tus palabras, de tu mirada o ese deseo que sentimos al estar cerca.

Tienes eso que ataría a cualquiera. Una personalidad fuerte, un corazón grande y una mente morbosa.

Hoy solo necesitamos abrazos, un rico café, unas cuantas copas de vino y muchos orgasmos.

LA CAMA Y SUS TRAGEDIAS

¿Qué se esconde dentro de las sábanas? ¿Qué tan tácito se vuelve el amor en un espumante colchón? Es una paradoja la dueña del momento, es en ese preciso instante donde se hace un inventario de quienes somos o hacia dónde vamos, quizás en el preciso momento decidimos llamar a conferencia a todos nuestros sentimientos, deseos e incongruencias que hacen debate en nuestra mente.

El debate entre lo correcto y lo incorrecto, lo permitido y lo prohibido, la guerra personal en contra de lo que nos limita, nos reprime. Que delicia entregarnos al placer, al instinto, a la libertad de nuestros pensamientos. Los juegos entre las imágenes, las ideas, la piel y el sexo. Sin morbo no podría haber lujuria, disfrute, secretos, desahogos, risas silenciosas.

Y es que la libertad de cada uno tiene un sabor diferente, las tragedias que podamos vivir es un arrebato de circunstancias desfavorables, de imprevistos y de momentos inequívocos de nuestro pasado, presente y el intangible futuro. Pero esas tragedias tienen victorias, victorias que hablan a través de un acelerado latido del corazón, de un primer contacto visual que calienta los sentidos y nos hace sudar, ponernos firmes, saborear la sal de otro, descubrir un nuevo sabor excitante y delicioso, gracias a la química que no conoce y por lo mismo, no respeta el prejuicio, la religión ni lo gordo de la cartera dentro del pantalón.

La ignorancia de uno es sin duda parte de la sabiduría de la vida, de un juego más grande que supera nuestro entendimiento.

Que se eclipsen los labios, que se aprieten las manos, que exploten los cuerpos, porque esto es darle un mayor sentido a cada momento. La vida siempre es grandiosa cuando sabemos esperar, cuando confiamos en llegar y cuando ponemos todo nuestro ser en ello. Así como hacemos para llegar a un orgasmo, así deberíamos ser pacientes y dedicados para tocar la felicidad y explotar en ella.

Quiero dormir y no puedo, quiero dejar de escribir y no debo. Por eso es que mi cama conoce todas mis tragedias porque ella las ha vivido conmigo ¿tú tienes la tuya?

ÉL

Brillas en mi oscuridad, la oscuridad te delata en mi recuerdo. No lo puedo negar, te ves hermoso en mi ausencia de luz, te vistes en la noche de latidos que saldrán de mi pecho.

Tus alas estallan en brillo dejando embarrado de sangre, sangre roja, verde, amarilla plateado, sangre sufrida, frustrada, enfadada, feliz, decadente, desgraciada, emotiva, amada, deseado y tan inocente.

Sangre llena de ganas de embarrarte de vida, de cachetadas, de gritos, de apretones, de reproches, de saliva y de un tema que no cabría en este hijo de puta universo.

Dejarlo ir es sumamente complicado, por ello, he decidido adueñarme de él. En ese momento en que se convirtió en atractivamente deseado, querido. Desde el instante que decidí que dejaría de ser ajeno.

Aunque vengo a profesar lo que por él siento.

Aunque sea un amor no correspondido, mi amor por ti sigue ardiendo en lo más profundo de mi espíritu.

Me haces testarudo, vulnerable y frágil. Pero a la vez intrínsecamente me haces sentir el hombre más viril y fuerte cuando estoy entre tus brazos.

A pesar de lo no que tuvimos, hay huellas en la arena que aún me llevan a ti.

Aunque eres atractivamente ajeno, tu mirada, tu sonrisa y tu virilidad es lo que hace que no deje de observarte en la clandestinidad.

Quizá solo fuimos la cama destendida, el plato sin fregar o la ropa húmeda después del sexo.

Sumé fotos, sumé palabras, pero resté tiempo. Tiempo que tú y yo perdimos, tiempo que no volverá a nosotros.

Que ganas de ducharme contigo y descubrir a que sabe tu piel. Que ganas de estar en tu pecho y que el único ruido sea el de tu corazón.

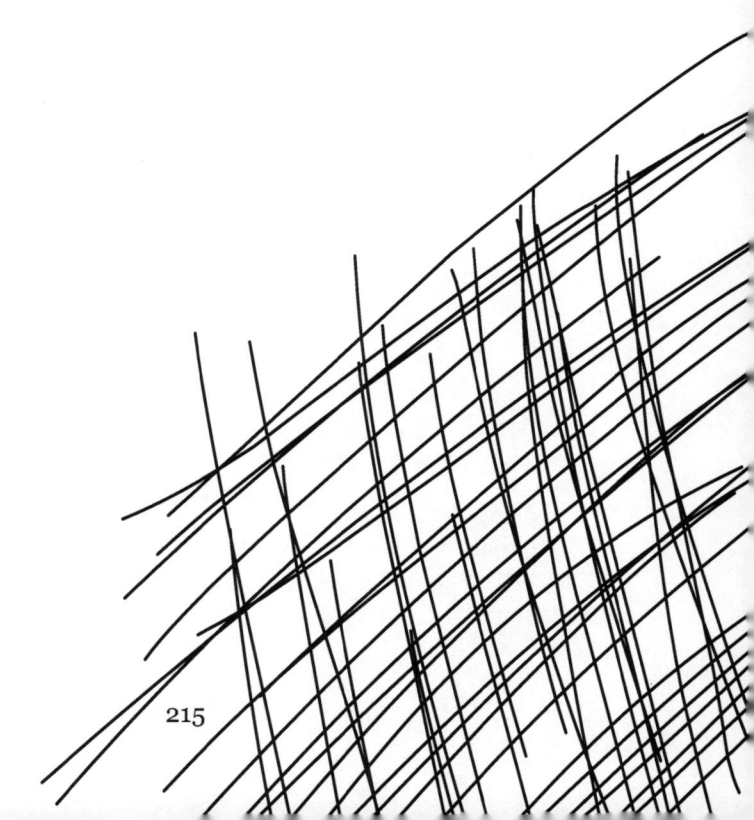

¡TE **PROPONGO** ALGO!

A ver, quiero que te sientes aquí a mi lado, necesito hacer un alto contigo y conversar en relación con algo que me sucede, quiero expresarte algo que ha revoloteado en mis emociones desde un par de semanas y este inmenso como tan intenso amor que siento por ti.

No quiero etiquetar, no quiero dar suposiciones ni mucho menos un nombre a algo que ya ambos sabemos que existe, que nos ha costado y que apenas está por comenzar. Es algo etéreo, esto se ha convertido para mí en un sentimiento delicado y ligero; a su vez es un deseo inefable que solo tú sabes cómo se siente porque es a ti a quien se lo expreso.

Algunos lo describen como temor al compromiso o a la formalidad, mientras que otros lo ven como miedo a perder ese aire que mal interpretamos como libertad. Sin embargo, que estoy seguro su noción de libertad puede diferir grandemente de la mía. Yo prefiero llamarlo la "oportunidad de comenzar una nueva historia." A medida que pasan los años, la idea de ir a toda velocidad deja de ser atractiva y disminuir el ritmo se vuelve más reconfortante, proporcionando más calma, entre tanto caos.

Este amor que siento por ti se ha convertido en limerencia, así se ha puesto mi estado mental, es como algo involuntario.

Es un espacio creado por nosotros, un círculo en el que nadie más esta invitado. Sencillamente eres mi ramé.

Embarquemos un viaje sin un destino claro, sino el camino que forjamos juntos. Creemos algo indefinido para el mundo exterior, pero que solo lo conocemos íntimamente nosotros.

Juntos, abracemos un vínculo que desafía las normas y convenciones, un tesoro compartido solo entre nosotros. Que sea satisfactorio, trascender las expectativas sociales, sin dejar de ser fieles a nuestros propios estándares.

Tengamos algo como nadie y algo como nunca. Algo con el suficiente valor como para no mantenerlo en secreto, pero también con la cantidad exacta de prudencia para que nadie pueda venir a entrometerse.

Ven, sumerjamos en esta esencia indefinida de "nosotros", sin fecha de caducidad a la vista. Para que algún día podamos recordar como esas dos almas que de alguna manera encontraron la verdadera felicidad durante 10 minutos fugaces, momentos que estoy seguro podrían dar forma al resto de nuestras vidas.

¿Aceptas esta propuesta?

Quiero besarte, quiero probar el dulce sabor de tus labios. Y aunque hoy no pueda, hay besos que se dan en la distancia.

Solo nos queda un trozo de ese amor que se amortiguó en el tiempo.

Un día te diré mirándote a los ojos. Que sí serías tú.

Si hoy decides quedarte a mi lado, prometo quitarte las dudas a besos, los miedos a las memorias del futuro que nos espera y llenarte de risas con las cosquillas de momentos en el tiempo.

Admirarlo de lejos, desear su felicidad. Aun sabiendo que es atractivamente ajeno.

Qué intensas mis ganas de aferrarme a tu cuerpo, a tu olor y a los latidos de tu corazón. Mis labios, lo único que desean es memorizar la curva de tu virilidad.

Él en 4 palabras:
Atrevido
SEXY
sublime
IRREEMPLAZABLE.

Tú... Eres infinito y etéreo. Eres capaz de domar el arcoíris si lo deseas.

Eres tu propia belleza completada por mis pupilas. Simplemente eres tú.

No podría explicarte lo que me haces sentir. Sé que nada es perfecto entre tú y yo, pero aquí estamos tan enamorados.

Para mis ojos eres una obra de arte, y aun así no logro describir toda tu belleza. Lo único que sé es que quiero todo contigo.

OJALÁ

Ojalá salgas de esos momentos que te han hecho tocar fondo.

Ojalá esas ideas que están vibrando dentro de ti se cumplan.

Ojalá que cuando quieras todo, pienses en todo lo que has logrado.

¡Y entonces, un día hubo cosas que nunca conté!

¡Quién no baila pierde el ritmo y sin ritmo el latido del corazón es aburrido, la sangre que fluye por las venas se enfría y llega a perder hasta el sentido!

YA NO QUEDA NADA

Uno sabe cuándo algo en nuestra vida ha terminado, cuando deja de ser nuestro y cuando, por lo mismo, comienza a incomodarnos sin importar lo maravilloso que pueda ser.

Quizás es porque nos damos cuenta de que no es necesario que este allí estorbando el espacio que necesitamos para darle la bienvenida a algo más placentero y profundo. Todo cambia y nosotros con ese todo.

La gente vive en el miedo, pero uno siempre puede elegir «vivir en el amor» y a partir de él, hacer historia. Una fábula propia, personal, ni chica, ni grande, ni ambiciosa, ni mediocre, ni anónima, ni famosa, simplemente nuestra. Pero nos confundimos y tratamos de imitar, nos comparamos y nos las ingeniamos para salir perdiendo.

Cuando uno ya está mal por dentro, todo comienza a crearse mal por fuera y entonces, para sanarnos, no hay lavado de cerebro que limpie la mugre, no hay frases que consuelen, no hay consejos que funcionen, sólo hay decisiones que tomar y mientras más las posterguemos, peor nos sentiremos y todo nuestro alrededor se oscurecerá cada día más.

Siempre crecí y viví libre, nunca logré encajar en los moldes establecidos de la sociedad, la rebeldía de mi espíritu siempre fue una constante y, aunque muchos no comprendían mi vida, para mí era más clara que el agua.

Es por ello que hoy «ya no queda nada» simplemente vivo mi ser queriendo ser mejor, buscar la paz dentro de mí, de esa fuerza interna para no caer en la tentación de quiénes no desean el triunfo de todo un esfuerzo listo para ser aprovechado y valorado.

Hoy que he despertado de la pesadilla de vivir desde mi cabeza, me siento libre otra vez, veo todo de colores brillantes. El aire se siente fresco la magia se ha vuelto a hacer presente en mi vida y voy de sorpresa en sorpresa. Me siento tan contento que agradezco el haberme perdido por un rato, porque quien no se pierde no puede encontrarse.

Hoy estoy en mi lugar correcto. Tengo muy claro quién soy y lo que quiero y esa fuerza será mi guía hacia nuevos caminos. Caminos, que están rodeados de música, de letras, escenarios, magia y mucha gente.

Cada momento, cada tropiezo, cada amor que queda atrás es la preparación para lo que sigue y lo que sigue siempre será mejor porque hoy te conoces mejor.

«Pensar como los demás puede ser muy cómodo, pero pensar como tú puede hacerte feliz».

Cada *LOCO* con su ~~puto~~ tema

Me van a perdonar la expresión y la forma. Pero aquí, cada loco con su puto tema. Y tranquilos, que les explicaré despacio y con una buena letra el por qué.

Hoy no tenía previsto escribir nada por el estilo, pero miré a mi alrededor y allí se encuentra la ciudad con gran virtud de estar día a día, buscando es las esquinas de alguna noticia trágica. Una metrópolis que yace en sus calles vacías y sin esperanza, tratando de darle sentido a todo.

Hoy hablamos de los frustrados, de los reprimidos, de los que, como el diablo cuando se aburre matan moscas con el rabo, aunque éstos en cuestión, se queden solo en el intento. Mientras unos se esfuerzan por ver progresar el país a costa de su trabajo, o de cualquier otro parecer, algunos se encargan de tirar por tierra todo lo hecho. Es un simple ejemplo, pero ahora déjenme incidir aún más.

No sé qué tiene nuestra zona, pero parece ser que las redes sociales hacen catapultar la ira y el cólera de los fracasados. Y como son lo que son, ineptos a más no poder, aparte de creer ser el centro del universo, no tienen otra cosa mejor que hacer, que dañar lo que años tras año se ha construido. Todo sea por un minuto de fama. Sé que la mayoría de mis detractores leen y ven todo lo que hago o digo, que se empiecen a dar por aludidos porque esta será la única columna dedicada expresamente para ellos.

Para los que se creen relevantes por llamar revolucionario a medio pueblo, cuando el más pendejo sin ánimos de ofender sin lugar a duda, es propiamente él. Para los que, por colocar cuatro clavos en un plató necesitan el reconocimiento y felicitación constante. Para los que pretenden tacharte de lo que uno no es, además de procurar pisotearte y descalificarte.

Para los que dudan de mi profesionalidad sin conocer la más mínima parte de mi trabajo. Para los que, como el ladrón, se creen que todos los demás somos de su misma condición. Para todos ellos, estás líneas.

Pero eso sí, un consejo sí que les daré. No molesten más y aprovecha tu preciado tiempo en alguna consideración más productiva para todos.

Y aunque sé de primera mano que éstos no cambian ni incluso queriendo, al menos, me queda la satisfacción de seguir con mi día a día, con la conciencia tranquila y cada vez con más gente detrás apoyándome. Esos son los que realmente valen.

Prometo escribir sobre ellos.

Mientras tanto, cada loco con su puto tema...

ESPINAS DE UN PAÍS
VENEZUELA I

Estamos cayendo al sudor de promesas que día a día se convierten en angustias para quienes desean llevar consigo un cúmulo de esperanzas llamado «alimento», esto significa sólo un sinónimo «soberbia» palabra que inunda nuestro pensamiento y es que estamos cayendo al vacío.

Nuestro estado de ánimo se va convirtiendo en un inexorable sentimiento de frustración que se ha constipado, pero mientras nuestro cuerpo se mantenga erguido debemos decirle a la mente que aún queda esperanza y un trozo de sueños por cumplir. Es momento de pensar en hacer una liturgia de autoayuda, porque los escasos argumentos para defendernos nos están llevando a la desesperación y ya no se encuentran los antidepresivos.

Necesitamos regresar a la vida, estamos asustados... aún persiste en nuestra mente una pregunta que nos lleva a la retórica ¿En qué momento este país se convirtió en desesperanza y anormalidad? ¿en qué momento los sueños dejaron de recalcarse y la tristeza nos recuerda que vivimos por un solo motivo – sobrevivir? Los temas de conversación amenos y divertidos dejaron de pregonar por nuestros labios. Somos una tempestad de miseria y fatalidad.

Se habla de la gente enferma y desesperada. De la muerte haciendo fiesta en los quirófanos.

Los sueños se han hecho de estatura pequeña, y es que su porte de elegancia ha caducado, ya es mísero y fluctuante en carencia. Ya la alegría no lleva adornos o palabras excéntricas.

Sencillamente se van acumulando los olvidos y los sueños hacen acto de presencia con una belleza compacta.

Valga la acotación los venezolanos en su bulto de vida solo tienen un aceite, una harina y un fardo de desolación.

Insistentemente las palabras se nos coagulan en la garganta, las palabras se vuelve un ácido de represión, censura y muertes que se hacen mayores a 50 asesinatos diarios. Nuestro libro, ese que es pequeño, de color azul como el mar, ya se encuentra manchado, sus páginas están escuetas no tienen una sintaxis; día a día lo ajustan a sus intereses. Las redes sociales son nuestro guion, nuestro libro, nuestra sentencia de muerte.

¿Dictadura? Esa palabra que es una estela de sangre durante nuestra historia, donde los gustos y atracciones se han desvalido y se han escondido por miedo a mancharse de hipocresía y absurdas creencias de una «REVOLUCIÓN» que destrozó el Alma Llanera. Y es que son pocos los esquicios democráticos que se mantienen en el rostro de cada número de cédula de este país, que tiene nombre de mujer VENEZUELA.

Aún queda la esperanza de que este país renazca de las cenizas como el Ave Fénix, y de una vez por todas decirle a ese hombre que está aterrado, que está inmerso en sus problemas y conflictos de angustia, que yace un tanto dubitativo por el torbellino que lo envuelve, sabe bien que sus horas están contadas y que no le quedará otra que entregarse ante la estampida de venezolanos que lo esperan con el veneno más letal. La indiferencia.

Todo en este momento es tan abyecto, tan intolerable, que no se puede concebir que ese hombre privilegie su supervivencia política por encima de las muertes que día a día ocurren por escasez de medicinas y exceso de balas.

Esa palabra a la que tanto tememos debemos darle la espalda y luchar por los sueños de los que aún creen en un sueño, en un proyecto, en una sonrisa, en una historia.

Los que desean sentarse a vislumbrar El Salto Ángel o la majestuosidad del imponente Águila que día tras día nos regala un suspiro de esperanza y alegría cada vez que el sol yace dentro de sus montañas.

Pienso que aún hay esperanza.

¡UN PAÍS DE SUEÑOS OLVIDADOS!
Venezuela

Todo está muy inextricable. La ambivalencia nos trae desequilibrados, se ha convertido en nuestro andar a diario, y es que eso que llaman Esperanza se ha transformado, en una palabra cliché, a diario las máscaras de quienes buscan una salida a tanta desesperación se les vuele una realidad tajante, la tristeza, una nostalgia que avanza sobre nuestros hombros es parte de un sinfín de calificaciones y quizás porque es nuestro verbo más usado.

Es por eso que esa fangosa democracia se ha vuelto un hueso sangrante, a todos como venezolanos se nos ha recalcado que es una palabra pérdida en esta inmensa geografía que lleva por nombre VENEZUELA. nombre que etimológicamente nos acredito Américo Vespucio, como parte de su travesía septentrional por Suramérica, y es que al llegar al Golfo de Venezuela se asombró por el parecido que tenía con Venecia y es allí donde comienza la historia de una nación que lucharía por su libertad e independencia.

La llegada del nuevo año se nos hace cada vez más oscuro. Como ciudadanos procuramos un bienestar para quienes siguen nuestros pasos, pero estamos de invitados en un país como caminantes deambulando por inercia, tratando de encontrar una respuesta a todo este caos.

Herederos de un trono se dicen llamar, de un legado. Identificados con un solo color, han desplazado a un sinnúmero de colores de ese círculo cromático donde cada quien representa un valor.

Necesitamos crecer, avanzar e innovar nuevas estrategias que nos permitan humedecer nuestra historia con alegoría, pero es que Venezuela es una taciturna excepción, es inexorable no sentirse como El Nirvana, cuando decides dejar en tu mesa de noche, un buen libro de Cortázar, de vislumbrarte por Frida Kahlo, Salvador Dalí, por Lorca o Leonardo Padrón contando buenas historias, para así disponerte a una escena trágica al llegar a esa inmensa cola que no es para entrar a un concierto o un local nocturno a disfrutar, sino para rezar y pedirle a Dios que nos dé la oportunidad de encontrar, harina pan, café o azúcar tal vez papel para limpiarnos la mierda, ¡esto sí que es una odisea!

Es cierto, no son fáciles estos días, estas semanas, estos meses, es un año de cansancio y angustias, pero aquí seguimos luchando por nuestro país que se llama VENEZUELA, es tiempo de mejorar, de pensar y repensar para crear como hombres y mujeres, niños y todo aquel personaje que se quiera anexar a esta historia, un libreto impecable, dónde el protagonista seamos los treinta millones de venezolanos que habitamos en este mapa, y no seamos solo un antagonista a la espera que el protagonista heredero ría o lloré, o nos haga un monólogo de la IV República, cómo quién dice una historia que ya se escribió por otro guionista.

Nos asfixiamos a diario con las noticias, nos ahogamos con tanta sangre en nuestras aceras y calles, esa cifra que parece tonta pero que se te hace pequeña, pero son 30 millones de cédulas esperando una partícula de certeza de que todo va a mejorar ¿para qué reiterar en la triste cola que hoyson los venezolanos? Solo trata de no enfermarte, de no caer una anemia o una deshidratación. Esta enfermedad nacional pronto tendrá un antialérgico.

Nuestro hogar, se llama VENEZUELA, no la abandones ella te necesita, ella te busca, ella está escondida en un lugar donde tiene miedo de desaparecer entre la risas y la amabilidad de un café, de los – buenos días- ella está cansada de crear ilusiones en un piso de anime, aquellos que están en las coordenadas externas de esta geografía, no dejen de alzar sus manos con el corazón que diga en grande «SOY VENEZOLANO», los que estamos aquí sigamos trabajando por un mañana de oportunidades y esperanzas.

Como dijo una colega y hoy gran amiga «Yo no pedí nacer en Venezuela solo tuve el privilegio».

JUSTICIA PARA RECORDAR

La ignorancia tiene cura

Quisiera recordar cuándo fue el momento exacto en que mi vida cambió, ese pequeño acto que cometí o pensamiento que tuve en el que dije, sí, mi vida tomará este rumbo...

¿Cómo me convertí en quién soy hoy día?

Justo en ese momento aprendí que miles de fracasos me pueden llevar a conocer gente especial, gente que no se parece a ti y por el simple hecho de ser tan diferente te puede hacer muy similar, miles de fracasos me llevaron a entender cuál era mi verdadera vocación, que botamos soltamos lágrimas por humanos que no importan y que realmente nunca sabrás quién vale la pena o quién no, porque el tiempo se encarga de darle valor a cada persona en tu vida, pero también a quitársela.

El fracaso es lo mejor que nos puede pasar como seres pensantes. Es un capítulo que se cierra y miles que se abren, pero nunca volvemos a ser los mismos; si no en ese instante donde haces un recuento de lo que te ha ocurrido y es ahí, cuando nace la hermosa frase de «no cambiaría ninguno de mis errores porque miren donde estoy».

Cada día es diferente a otros. Cada momento es irrepetible, puedes visitar el mismo lugar varias veces, pero el tiempo siempre va a ser diferente, nunca se va a repetir el viaje en la misma estación, o en la misma fecha y cada vez, el destino se encarga de hacer de esa visita, un momento inolvidable. Las circunstancias de lo vivido, ya es cosa del pasado...

Mi realidad es sentir como lastima la espina de la rosa, el dolor de la vida, disfrutar la compañía de las personas. Puedo hacer mil cosas independientes de esto, porque estoy vivo y aún en mi memoria tengo justicia para recordar.

MIEDO, eso que nos paraliza

A decir verdad, el **miedo** no es un tema de **edad**. Sin embargo, creo que la época que nos tocó vivir sí, fue mucho más rígida y debido a eso, muchos crecimos con demasiados temores conscientes e inconscientes.

Yo crecí con un poco de miedo. Hoy que estoy dispuesto a darle un gran giro a mi vida. Hoy, decidí retomar mis sueños, mis ilusiones y dejar de lado todo lo que construí en base a decisiones temerosas, me doy cuenta de que la felicidad es capaz de aniquilar cualquier emoción y sentimiento negativo.

¡Milagrosamente comienzo a darme cuenta de que el miedo no existe! Hoy lo veo como ignorancia y la ignorancia es muy fácil de curarse. Nos sentimos temerosos por lo que no conocemos, por lo negativo que vivimos y no queremos que se repita, por dejarnos influenciar por los demás por mentalidades caducas, por gente que vive asustada y envuelta en inseguridad.

Informarnos, leer, estudiar, ser curiosos, tener fe, cura la ignorancia. Pero hasta para esta cura se necesita tiempo. ¿Cuántas horas, noches, madrugadas, días de tu vida has gastado sintiéndote temeroso pudiendo haber invertido ese tiempo en lo que te hace feliz?

El miedo paraliza, nos vuelve negativos, poco productivos, nos agota.

Vivir más despacio; estar atentos a lo que sucede a nuestro alrededor y dentro de nosotros, nos da calma, nos da respuestas, nos vuelve sabios. Cuando vivimos en paz, tenemos la claridad necesaria para tomar decisiones acertadas nos sentimos optimistas y confiados en los resultados y claro, al obtenerlos, nos llenamos de seguridad y fuerza.

Todos tenemos un pasado oscuro que tenemos que sanar para no volverlo nuestro presente, ni nuestro futuro.

Sé que si he sido inseguro y temeroso a lo largo de mi vida quizás es por costumbre. Pero si ya no soy un niño, entonces el miedo también debería haberse quedado atrás. Hoy que me he hecho consciente de esto, me siento libre y emocionado de todo lo nuevo que viene para mí.

La tarea es no olvidar que el miedo existe, que es ignorancia. Así, cuando el jodido patrón temeroso vuelva a nosotros, sólo tenemos que descubrir qué información es la que nos está haciendo falta, e ir por ella. Eso es todo.

Si eres una persona a la que le dan miedo los cambios, es porque tienes grabado un patrón de negatividad del que fácilmente te puedes deshacer.

Hoy me siento libre porque he decidido vivir más tranquilo, más contento y porque he podido comprobar en muchas ocasiones cuando me siento así, sólo llegan cosas positivas a mi vida. Uno debe hacer sólo lo que le toca y después dejar que la vida acomode todo, de la mejor manera.

Hay gente que dice: «lo único que me da miedo es tener miedo». Hoy les respondería, ¿cómo puedes sentir algo que no existe por algo que tampoco existe?

«Para ser libres hay que volvernos sabios y la gente sabia siempre está llena de certezas, de fe».

LO QUE NO SE DICE EN LAS NOCHES

No es sencillo encontrar el amor. Y es que antes de encontrarlo, se recorren destinos, ciudades, pueblos y es en esa travesía donde se conocen cientos de camas y un sin número de personas día a día; con algunas cruzas unas cuantas palabras, con otros simplemente un apretón de manos y en otros casos un beso y hasta con alguien en particular, una noche llena de pasión, intensidad y sentimientos encontrados.

El tiempo es un gigante que termina con todo, con lo que se siente o con lo que sencillamente estás comenzando a sentir; el tiempo no se para a descansar, él sigue en la búsqueda de los sueños, del momento perfecto para hacerte estallar de emoción, pero nosotros nos empeñamos en el deseo de conocer el amor o al menos la falacia de lo que solemos llamar amor.

Brindemos por aquellos que se hoy se pelean, por los que se quieren, por esos que hacen el amor, los que a diario se celan... Pero que a fin de cuentas no son nada, esas son las relaciones que sin mayor error no nos duelen tanto y nos permiten en el fondo seguir siendo nosotros mismos.

CONDENADO A MUERTE

El sonido del viento rompía las barreras del tiempo, acariciando todo a su paso transmitiendo un misterioso mensaje. Se dice que cuando el viento sopla fuerte, intenta comunicarnos algo. Por eso, opté por quedarme sentado, sintiendo la pureza de ese viento frío. Al mirar al cielo, recordé momentos de mi vida, reviviendo recuerdos de mi infancia y la inocencia que nos caracteriza a esa edad. Recordé las travesuras sin sentido, los juegos de pelota y los amigos con quienes crecimos, algunos ya ausentes. También pensé en las veces que anhelaba ser adulto, ya que en la niñez, la adultez simboliza libertad y poderes inalcanzables.

Sin saber aún que cuando la edad avanza, la libertad se carcome, se ausenta o simplemente se aprisiona y esos poderes antes inalcanzables se vuelven un cúmulo de responsabilidades que trasforman la vida en problemas. El viento soplaba con más fuerza, y el frío comenzaba a invadirme por completo, pero eso no congeló mis pensamientos. Continuaba en ese viaje por el tiempo, recordando como la edad se vuelve implacable menguando en muchas ocasiones la felicidad, otras veces dibujando sonrisas, con muchos tropiezos, pérdidas irremediables y todas esas cosas que nos enseñan el valor de la vida.

Sin darme cuenta había dejado de ser niño, esa inocencia se había esfumado sin marcha atrás, dejé de ser niño no solo de la mente; mi cuerpo había cambiado al igual que lo hace la mirada, igual que la percepción que tenemos sobre el sexo, igual que la percepción que tenemos sobre la vida.

Entonces comencé mi camino en la búsqueda del amor. Me pensé enamorado muchas veces y al darme cuenta de mi error, conocí la decepción, no solo la conocí una vez, de hecho, la viví más veces de las que pensé que podría resistir.

Repentinamente dejé de creer en el amor y resolví no enamorarme jamás, pero descubrí que nadie tiene decisión sobre eso, descubrí que uno vive enamorado toda su vida, pues el amor no se resume en amar a tu pareja, el amor reside en uno mismo, el amor se hace presente en la familia y en la amistad, entonces amé más a mi familia al igual que a mis amigos, solo a aquellos que en verdad lo eran, aquellos que jamás se fueron a pesar de la adversidad, los que me levantaron del piso en innumerables ocasiones, que lloraron junto a mí y rieron conmigo también.

Pasé mucho tiempo alejado de las relaciones amorosas a pesar de que conocí muchas personas de las cuales pude haberme enamorado, pero en esos momentos no podía amar de esa manera, así que terminaba alejándome o en el peor de los casos lastimando. Jamás me culpé por eso, ya que es una ley de la vida que: «conoceremos a mil y un personas a las cuales podremos amar o lastimar». Después de eso me volví escéptico en ocasiones incrédulo o antipático, hasta que, sin pensarlo, me volví a enamorar.

En el camino del corazón, el amor se manifiesta de diversas formas a lo largo de la vida, enseñando a distinguir entre lo propio y lo ajeno en la sinfonía del universo.

Miles de personas mueren inesperadamente dejando tras de ellos un gran vacío, en cambio, yo moriré recostado en una cama esperando el momento tomado de la mano de mi madre, y junto a las personas que amo, después de haber escrito mi historia. Desde hoy sonreiré por cada respiro, por cada abrazo, por cada palabra, por cada beso, por cada lágrima y por todas aquellas palabras que aquí quedarán plasmadas para la eternidad como un regalo que Dios y la vida me han obsequiado. Desde hoy apreciaré cada momento como algo que no vuelve jamás.

« *En el mundo existe quien **siente** demasiado **cada emoción** y al mismo tiempo, tiene la capacidad de **expresarlas con más fuerza** que el resto; de una forma tan entregada y única, que llega hasta las **fibras más profundas del corazón.** A esas personas, nos llaman **intensos**».*

Y entonces
TE ENCONTRÉ

«No es quien te mueve el piso. Es quien te centra.
No es quien te roba el corazón, es quien te hace
sentir que lo tienes de vuelta».

No tenía previsto encontrarte. Es que ni tan siquiera pensaba que te cruzarías en mi camino o de que tú lo hicieras en el mío. Tampoco que en mi inexorable pensamiento estaba cerrado a vivir una experiencia como esta, es sólo que no estaba preparado para que sucediera tan rápido. Tan así.

Me he dado cuenta de que el miedo es solo un invento de las emociones, en un mundo, en un lugar como este ya eso no es necesario. Y es que cada emoción, cada sentimiento y cada palabra cobra su sintaxis; son viejos conocidos que solo esperaban una remitente para llegar y fuiste tú quien selló y firmó sin ninguna pretensión.

A lo largo de mi vida, he aprendido que lo que ocurre en el momento, es justo lo que debe ocurrir, porque nada pasa antes, ni nada pasa después. Así que, haciendo caso a mi aprendizaje, me dejo llevar, lo acepto y te acepto. Me dispongo a que esta historia tenga escenas fluctuantes y apasionadas, donde los escritores seamos tú y yo.

Quiero develar los misterios que esto encierra y hasta dónde me puede llevar. Incluso dicen que conforme caminamos por el sendero de nuestra existencia, nos convertimos en el resultado de nuestras propias experiencias.

En un pasado, hubo grandes errores, y no digo que contigo sea todo mágico, pero si quiero disipar cualquier escombro que haya quedado en mi pasado. Contigo quiero cocinar a fuego lento, disfrutar de este néctar que tú y yo hemos decidido explorar.

Quiero sentir y saborear el vaivén de esta danza en la que me has invitado a bailar. En verdad quiero enamorarme de ti y descubrir la responsabilidad y el placer que esto conlleva. Alguien una vez dijo: «Quédate con ese que haga cuestionarte el por qué, tendrías miedo de enamorarte... y llegaste tú».

Para ser sincero, no sé hasta dónde llegaremos con esto. La vida ha sido muy indulgente y compresiva conmigo, tal y como una madre lo es por sus hijos. Tal es el punto que me ha enseñado a no planear, que lo mejor es dejarse fluir, sin filtros, etiquetas. ¿Y qué hay del tiempo?

A decir verdad, no sé ni cuánto tiempo esto durará, solo pido que sea el suficiente para poder descifrarte y volverme uno contigo, llegar a tocar esas fibras que muy pocos de seguro no conocen.

No voy a prometerte nada, solo actuaré... para así dejarte ver que quiero aprender, saber cómo eres, leer tus silencios y hacerte saber que tu corazón está a salvo conmigo hoy, mañana y cada vez que me lo quieras regalar.

Por ahora quiero decirte, Te quiero...

LETRAS DE MADRUGADA

Hay viajes de los que no se regresa, hay momentos que quedan atesorados en la memoria de quien las vive, y yo soy un vivo ejemplo de que la vida va más allá de una rutina. Siempre vivo con muchas inquietudes, buscando la manera de que cada momento sea esa situación que te lleva a crecer.

Libros, caricias, café, besos, atracción, intención, presión, amor, sexo, sábanas, labios, risas, nervios, miradas, calor, poder de energía, tú, yo, la distancia, el idioma, la vida, la familia, canciones, empezando la vida, entendiendo el sistema, escribiendo. Ha sido parte de este nuevo viaje, un viaje el cual comencé hace casi cuatro años, en donde he vivido experiencias que no pensé vivir alejado de los míos.

Hoy después de tantas despedidas he empezado a ser un poco más consciente y racional de lo que hoy es el desapego o eso que solemos llamar un «¿qué haría sin esta persona? » por eso mismo. Porque muchos somos los que hemos tenido que salir de nuestra zona de confort, somos agentes de cambios. Pero es allí entonces donde viene el cúmulo de decisiones que debemos tomar para poder avanzar.

En muchos casos somos resistentes al cambio, hoy por hoy estar rodeado de personas de diferentes partes del mundo y saber que puedes compartir eso que eres; es enriquecedor, y eso es hoy mi vida. Un viaje que ya no sé si tiene fecha de regreso.

Aunque lo que sí he aprendido es que de cada despedida vendrá un reencuentro. Aprovecha el tiempo que el universo te está regalando para ti, para invertir en ese gran sueño, porque en cualquier momento habrás encontrado el sentido a tu vida, aunque en un primer instante no lo notes; allí está con los brazos abiertos esperando que lo disfrutes.

Despídete si es necesario, pero regresa si es lo justo... En mi caso, ya no hay regreso.

¡Buen viaje!

02:58 PM

El mundo está enfermo y por alguna razón extraña o sorprendente, no entendemos el amor. Sin embargo, estamos bastante convencidos de que lo hacemos. Pienso, mientras intento concentrarme en mi trabajo, aunque a decir verdad mi comprensión es poca en este instante, trato de buscar alguna distracción que permita evacuar esos pensamientos que me tienen inhóspito, pero mi mente, tiene la atención esperando ese mensaje que sabe que no llegará.

Inconscientemente, pienso en sus besos, en su mirada, en su sonrisa, en su particular forma de hacer que por momentos, me sienta seguro. Es un espectáculo de fuegos artificiales. Él es como una inyección, que, en vez de dolor, es calma y me hace estar bien. Quisiera tener una respuesta, pero, ¡mentira! No la tengo, es como si quisiera forzar la situación, como si diese con la respuesta correcta, pero no, y eso no lo logró captar en mi cerebro, corazón y cada partícula de mi cuerpo.

La tortura es impoluta. No deja huellas, no hay golpes en el corazón. Todo ocurre en la asepsia de los vulnerables. Todo pasa adentro, en lo más profundo y es un grito sin sonido, sin vocal o sin acento. Es inadmisible que exista un lugar tan siniestro como nuestros pensamientos, porque ellos son la tumba más frágil de nuestro ser, de nuestra razón y de la inconsistencia por querer amar y ser amados.

En este momento, solo, en letras, el orgullo se despide, mientras mi tristeza se apalanca de mí para para sostenerse y hacerme saber que estoy vivo y que el amor puede ser maravilloso pero cruel.

Aunque mi único pensamiento en este momento eres tú.

Comenzar de nuevo

No podemos cambiar el mundo, porque de una u otra forma todos hemos contribuido a que este se haya vuelto frívolo y hostil. Pero si podemos ayudar a mejorarlo. Basta una sonrisa, un abrazo, una mirada tierna o un gesto amable para curar las heridas que ha dejado el paso del tiempo.

Espero que seas muy feliz en tu viaje...

Made in the USA
Columbia, SC
16 September 2024